O Meu Pé de Laranja Lima

我親愛的甜橙樹

暢銷千萬冊・最溫柔的人生書

José Mauro de Vasconcelos
約瑟・毛碌・吉・瓦斯康賽魯斯 著
祁怡瑋 譯

各界好評

一部充滿奇思妙想又令人揪心的巴西經典。

——《柯克斯書評》星級評鑑

從貧苦的困境中找到值得活下去的事物，吉．瓦斯康賽魯斯的虛構之作以他自身在里約熱內盧艱辛的童年爲本，融合了活著的苦澀與甜美，實爲一部巴西經典。

——《書目》雜誌

作者捕捉到童年變動不定、尙未成形的本質，刻畫出一個多變的小男孩，他可能前一秒還愛憐地對著一棵名叫小拇指的甜橙樹說話，下一秒又壞心眼地跑去惡作劇、飆髒話。這部感人至深的巴西經典提供了許多思考和討論的機會。

——線上版《出版人週刊》

我小時候就讀過這本書，青春期和成年後又再重讀，每次都害我哭得唏哩嘩啦，心頭卻又暖暖的！

——美國讀者 Clayton A Craig

故事是從一個小男生的角度去寫的，他聰明、頑皮、想像力豐富，不幸生在窮人家，只好寄情於他最親愛的甜橙樹。淚中有笑、甜中帶苦，最冰冷的心都會被這本書融化！

——美國讀者 kristin

全天下最棒的一棵樹！這本書讓我想起童年時光。我跟著澤澤一起笑、一起哭。本書已榮登我的最愛！

——印度讀者 Nila

關於一個小朋友的動人故事，唯一的缺點就是看了保證掉眼淚。超級推薦！

——德國亞馬遜讀者

從我十歲讀到這本書，它就烙印在我心裡。現在換我女兒讀了。澤澤的故事禁得起一讀再讀，絕不會令你失望。

——英國讀者 gri

《我親愛的甜橙樹》是一部大師傑作，觸動每一個人，喚醒我們的童心。作者以動人的故事探討純眞、傷逝、友誼和想像的療癒力，帶我們看到單純的童年世界和複雜的成人世界之間的摩擦碰撞，讓讀者在反思社會不公的同時，又著迷於澤澤從微小事物中找到美與希望的能力。無論你是想要一窺巴西文學的風貌，還是想找一個既溫暖人心又能激發對人性與社會的深思的故事，本書都是必讀之作。跨世代的文學寶藏，翻過最後一頁還是令人低迴不已。

——巴西讀者 Michel Vasque

我第一次讀這本書的時候還不滿十歲。小時候，這是影響我至深的一本書，因爲它不是那種典型美好結局的老套童話故事。印象中，這是第一本把我惹哭的書。令人心碎，卻又美得不可思議。

——巴西讀者 Camila Luísa

這本書說的是小男孩澤澤的故事。他是一個敏感的孩子，過著貧困的生活，被烙上了「壞孩子」的印記，從偶然結交的朋友那裡找到愛、溫柔與夢想。不可能不爲之動容！

——巴西讀者 Alessandra

眞想把澤澤抱在懷裡，保護他不要受到世界的傷害。我保證這本書會帶給你別本書都沒有的感動！

——巴西讀者 Gaby

這本帶有自傳色彩的作品是巴西文學的里程碑，因爲它的簡單、敏感、迷人，數十年來成功受到一代又一代讀者的喜愛。

——巴西讀者 Lorena

我深信澤澤的故事對我的生命有所影響，這是一則關於人性與謙卑的美好啓示。每當我感到沮喪或是怨嘆生命的不公，我便想起澤澤——而他總能助我度過難關。

——美國加州讀者

記得當年在課堂上背著老師偷偷讀這本書時，我的眼淚順著臉龐滑下。這本書永遠是我的最愛，書中情節不時浮現心頭。

——倫敦讀者

這本書帶給你眼淚與歡笑，以及一個充滿想像力的小男孩對生命的單純喜悅。

——韓國讀者

這本書有鑽石般的質地，字字句句都十分扣人心弦。

——馬來西亞讀者

身為一個驕傲自信、不輕易流淚的十一歲大女孩，我很久以後才願意承認，這本書會使我像個小孩一樣哭得唏哩嘩啦。

——希臘讀者

台灣版推薦序

烙印在記憶裡的故事

金浩然

收到要我爲這本書的台灣版寫推薦序的邀請，我便立刻想起高中時第一次讀這本書的時候。無所事事的週末下午，讀完書之後我做的唯一一件事就是放聲大哭。泉湧的悲傷，就是我對這本書的心得。爲何非得哭得這麼難過、這麼悲傷？當時我沒有答案，但現在回想起來，大概是我把自己投射到澤澤這個從小遭受虐待的早熟孩子身上吧。我不想用華麗的文學詞藻或小說家的身分，來詳細講述什麼跟這本書有關的事情。因爲這是一個需要用心去讀、用身體去感受的，悲傷卻美麗的故事。

《我親愛的甜橙樹》是巴西作家約瑟．毛祿．吉．瓦斯康賽魯斯在一九六八年發表的作品。出版後便立刻創下驚人的銷售紀錄，不僅成功翻拍成電影，更被巴西選爲小學閱讀教材，是被翻譯成五十多種語言的作品。我讀這本書是在一九九〇年，將近二十年前在地球另一端出版的小說大大感動了我。於是在三十多年後創作《不便利的便利店2》時引用了這本書。一個優秀故事的DNA會這樣留在人們的心中，往來於作品和作品之間，刻進讀者的記憶裡。

希望二〇二五年的台灣讀者們，也能夠眞正認識到這是一本什麼樣的書……

我將永遠在心中思念那株小樹與老葡。

二〇二五年　春

（本文作者爲韓國知名作家，著有百萬暢銷書《不便利的便利店》系列小說）

目次

第二部　當耶穌寶寶悲傷現身

獻給

Ciccillo Matarazzo

Arnaldo Magalhães de Giacomo

Mercedes Cruañes Rinaldi

Erich Gemeinder

Francisco Marins

更要獻給

Helene Rudge Miller (Piu-Piu!)

也不能忘了我的「兒子」

Fernando Seplinsky

僅此紀念我的弟弟路易國王（O Rei Luís）
和我的姊姊葛洛莉雅（Glória）。
路易在二十歲時放棄生命，
葛洛莉雅在二十四歲時也覺得不值得活下去。

同樣珍貴的是
我對曼努耶爾·瓦拉達利斯（Manuel Valadares）的回憶，
他在我六歲時教我什麼叫溫柔。
願他們都能安息！

最後要獻給
杜里瓦·羅倫索·達·希爾華（Dorival Lourenço da Silva）。
杜杜（Dodô），悲傷或戀舊都不致命！

第一部

有時候，
在聖誕節誕生的
是惡魔

第一章

萬事萬物的探險家

我們手牽著手，不慌不忙地沿街走去。托托卡在爲我上人生的一課。我超開心大哥牽著我的手教我東西，但要教就要到外面教。因爲在家裡，我都靠自己探險和自己做事來學習。我會犯錯，也總是因爲做錯事落得挨揍的下場。不久之前還不曾有人打過我，但後來他們聽到一些有的沒的，就開始說我是掃把星、壞孩子、金頭髮的惡魔[1]。我不想知道這些。要不是我們人在外面，我現在開心到都想大聲唱歌了。唱歌是一件美好的事情。托托卡不只會唱歌，還會吹口哨。但我不管怎麼努力模仿，就是吹不出口哨。他安慰我說這很正常，我只是還沒練出一張口哨嘴罷了。但因爲不能唱出來，所以我就在心裡唱。一開始感覺怪怪的，後來就好了。而且，我想起小時候媽媽唱的一首歌。她會站在洗衣盆旁邊，頭上綁一塊遮陽頭巾，腰上繫一條圍裙，雙手浸在水裡好幾個小時，把肥皀搓出很多泡沫。再來她會將衣服擰乾，用曬衣夾高高掛到半空中的曬衣繩上。全部的衣服，她都這樣處理。爲了幫忙家計，她洗弗爾哈柏醫生家送來的衣服。媽媽又高又瘦，很漂亮。太陽曬得她皮膚黝黑，一頭長直髮也是黑色的，沒綁起來的時候就一路垂到腰際。但最美的是她唱歌的時候，這時我就會在一旁跟著學。

水手、水手
傷心水手
都是因爲你
明天我就不活了

海浪拍岸
沖刷沙灘
他就這樣走了

我的水手、我的男人

水手的愛

曇花一現

他的船隻起錨了

開走了

海岸拍擊著

這首歌總是帶給我一股自己也不明白的悲傷。

托托卡拉我一下。我回過神來。

「怎麼了?澤澤?」

「沒什麼。我只是在唱歌。」

「唱歌?」

「是啊。」

「那我一定是聾了。」

他不知道可以在心裡唱歌嗎？我沒回話。如果他不知道，我才不要教他呢。

我們已經來到里約—聖保羅公路[2]邊。

卡車、汽車、馬車、腳踏車……這條公路上什麼都有。

「聽好了，澤澤，很重要喔！首先，我們要仔細看看這一邊，再看看另一邊。現在，過馬路。」

我們從公路上跑過去。

「你怕嗎？」

怕，但我搖搖頭。

「我們再一起過一次馬路，然後我要看看你學會了沒。」

我們跑回去。

「現在，你試試，別猶豫，因爲你是個大孩子了。」

我的心臟狂跳。

「現在，過！」

我衝過馬路，氣都沒喘一下。我等了等，他打手勢要我回去。

「你的第一次很棒喔！但你忘了一件事。你得先看看兩邊有沒有車子過來。我可不會永遠都在這裡給你打信號。回家的路上，我們再多練習幾次。但現在我們先一起走吧，因爲我想帶你看個東西。」

他牽起我的手，我們又一起慢慢越過馬路去了。我不禁想起曾經的一次談話。

「托托卡。」

「怎麼了？」

「你感覺得到理性的年紀[3]嗎？」

「什麼鬼？」

「伊吉蒙督叔叔說的。他說我非常『早熟』，很快就會來到『理性的年紀』。但我感覺不到有什麼不一樣啊。」

「伊吉蒙督叔叔是白痴，老是教你一堆有的沒的。」

「他不是白痴。他很有智慧。我長大了也要有智慧，還要當個戴蝴蝶領結的詩人。有一天，我要戴著蝴蝶領結拍照。」

「爲什麼是蝴蝶領結[4]？」

「因爲不戴蝴蝶領結就當不了詩人啊。伊吉蒙督叔叔給我看過雜誌上的照片，那些詩人都戴著蝴蝶領結。」

「澤澤，伊吉蒙督叔叔說的話，你不能再什麼都聽了，他秀逗秀逗的，說的話眞眞假假。」

「那他是下流胚子嗎？」

「你已經因爲說太多髒話被打過巴掌了！伊吉蒙督叔叔不是下流胚子，我說的是『秀逗』，意思就是有點瘋瘋傻傻的。」

「你說他是騙子。」

「騙子跟瘋子是兩回事。」

「才不是。那天爸爸跟賽維里諾說到拉邦，就是跟他打牌的那個人，然後他說：『那下流胚子是個該死的騙子。』而且沒人打爸爸巴掌。」

「大人可以那樣說話。」

我們倆都沉默了一下。

「伊吉蒙督叔叔不是……托托卡，你再說一次，『秀逗』是什麼意思？」

他伸出一根手指，指著自己的腦袋瓜，繞了個圈。

「才怪。他沒有。他明明就很好。他教我很多東西，而且他只打過我一次，而且打得很輕。」

托托卡吃了一驚。

「他打你？什麼時候？」

「就我太皮了，葛洛莉雅把我送去奶奶家的時候。他想看報紙，但找不到眼鏡。他上上下下找來找去，找得一肚子火。他問奶奶他的眼鏡到哪去了，但奶奶不知道。他們兩個把整棟房子都找翻了。我才說我知道在哪，只要他給我一托斯陶[5]買彈珠，我就告訴他。他翻了翻他的背心，拿了些錢出來，說：

「『把我的眼鏡拿來，我就給你錢。』

「我從洗衣籃把眼鏡拿來。他說：『是你！小壞蛋！』他打了我屁股一下，還把錢收起來了。」

托托卡哈哈大笑。

「你到奶奶家，免得在家裡挨揍，結果你在那裡還是挨揍。我們走快一點吧，不然永遠也到不了了。」

我還在想伊吉蒙督叔叔。

「托托卡，小朋友是退休族嗎？」

「什麼？」

「伊吉蒙督叔叔什麼也不做卻有錢拿。他不工作，市政府每個月給他錢。」

「所以呢？」

「你想想，小朋友不是吃就是睡，什麼也不做，花爸爸媽媽的錢。」

「退休的意思不一樣，澤澤。退休的人已經工作很久了。他們的頭髮都白了，走路慢吞吞的，就像伊吉蒙督叔叔那樣。但我們別想這些很難的問題了。你如果想向他學習，好，沒關係，但別跟我來那一套。你要表現得像個正常的男孩子，甚至可以說髒話，但別再滿腦子想那些很難的問題了，否則我不會再跟你出來了。」

我垮下臉來，不想再說話，也不想再唱歌了。在我心裡歌唱的小鳥飛走了。

我們停下腳步，托托卡指著那棟房子。

「就這裡。喜歡嗎？」

很普通的房子。白牆、藍窗，門窗緊閉，安安靜靜。

「喜歡啊。但我們爲什麼要搬來這裡？」

「換換環境是好事。」

我們站在那裡，透過柵欄望著屋子兩邊的兩棵樹，一邊是棵芒果樹，另一邊是棵羅望子樹。

「你那麼愛管閒事，卻不知道家裡出了什麼事。爸爸的工作沒了，不是嗎？他跟斯高菲德先生吵了一架、他們把他炒魷魚，都已經是六個月前的事了。你知道拉拉現在在工廠做工嗎？還有，媽媽要去城裡的英格蘭紡織廠[6]工作？好啦，傻澤澤，就是這樣。這一切都是爲了湊錢來租這個新家。舊家的房租，爸爸已經欠了足足八個月。你年紀還小，不用擔心這些傷心事。但我得去彌撒會場幫忙，也得幫忙做家裡的事。」

他沉默地站了一會兒。

「托托卡，他們會把黑豹和兩隻母獅搬過來嗎？」

「當然。而且，小幫手你哥哥我要負責拆雞舍。」

他擺出一副撒嬌裝可憐的表情。

「我要負責把動物園拆了，再到這裡重新組合起來。」

我鬆了一口氣，因爲不然的話，我就要想點新花樣跟我的小弟路易玩了。

「所以，看到了吧，我是你的好朋友，澤澤。跟我說說『那件事』你是怎麼做到的，告訴我又不會少塊肉。」

「我發誓，托托卡，我不知道。我眞的不知道。」
「騙人。你偷偷跟人學的。」
「我沒偷學，也沒人教我，除非是惡魔在我睡夢中教我的。珍珍說惡魔是我乾爹。」
托托卡百思不解。他甚至敲了我的腦袋幾下，催我告訴他。但我眞的不知道自己是怎麼做到的。
「沒有人能自己學會那種事。」
但他無話可說，因爲就眞的沒人看到有人教我。反正很謎啦。
我想著一星期前發生的事。那件事搞得我們全家雞飛狗跳。事情是從奶奶家開始的，當時我坐在伊吉蒙督叔叔旁邊，他在看報紙。
「叔叔。」
「怎麼啦？小子。」
他把眼鏡挪到鼻尖，就像所有老了的大人那樣。
「你什麼時候學會認字的？」
「六、七歲的時候吧。」

「五歲可以學認字嗎？」

「可以吧。但沒人想教，因爲五歲眞的太小了。」

「那你怎麼學會認字的？」

「就跟每個人一樣囉。先從初級讀本開始，『ㄅ，ㄅ——ㄚ——ㄅㄚ，一聲ㄅㄚ』之類的。」

「每個人都得這樣學嗎？」

「就我所知，是吧。」

「你確定？」

他興味盎然地看著我。

「聽著，澤澤，學認字就是這樣學的。好了，讓我讀完我的報紙。看你要不要去後院撿芭樂。」

他把眼鏡推回鼻子上，回去專心讀報，但我沒走。

「過分！」

見他不理我了，我扯開嗓門大喊一聲，他不禁又把眼鏡從鼻子上挪了下來。

「嚇我一大跳。你一定要打破沙鍋問到底，是嗎？」

「叔叔，我特地大老遠走來，就爲了跟你說一件事。」

「那好，說吧。」

「不要。不是這樣。我要先知道你下次領養老金是哪一天。」

「後天。」他微微一笑，打量著我。

「後天是星期幾？」

「星期五。」

「好，星期五那天，你可以從城裡幫我帶一匹銀王回來嗎？」

「慢點，澤澤，銀王是什麼？」

「是我在電影院看到的小白馬。牠的主人是弗萊德．湯姆森[7]。牠是受過訓練的馬。」

「你要我帶一匹有輪子的小玩具馬給你？」

「不是的，叔叔。我要的是那種有一個木頭做的馬頭，馬頭上套了繩子的。你黏一條尾巴上去，然後就騎著它到處跑。我要練習騎馬，因爲我以後要拍電影。」

他哈哈大笑。

「我明白了。那如果我幫你帶回來了，我有什麼好處啊？」

「我會幫你做事，叔叔。」

「你會親我一下嗎？」

「我不喜歡親來親去的。」

「抱我一下？」

我看著伊吉蒙督叔叔，忍不住爲他難過。我心裡的小鳥說話了。記得我聽人說過好多次，伊吉蒙督叔叔跟他的太太和五個小孩分開了，他一個人生活，走路又走得這麼慢……或許，他走這麼慢是因爲想念他的小孩？而他的小孩從沒來探望過他。

我繞過桌子，走到他身邊，緊緊抱住他。他的白髮拂過我的額頭，感覺眞的很柔軟。

「抱你不是爲了那匹馬。我要做的是別的事情。我要認字給你看。」

「再說一次，澤澤，你會認字？誰教你的？」

「沒人教我。」

「騙人。」

我倒著走，一邊從門口退出去，一邊說：「星期五，帶馬回來，我就讓你看看我會不會認字！」

後來，那天晚上，珍珍點了提燈，因爲我們沒繳電費，電力公司把我們家斷電了。我踮起腳尖看「星星」。所謂「星星」，指的是畫在一張紙上的星星，底下有一行保佑闔家平安的禱文。

「珍珍，妳可以抱我起來嗎？我要唸那上面的字。」

「吹牛吹夠了喔，澤澤，我很忙。」

「抱我起來，我唸給妳聽。」

「聽著，澤澤，你要是敢耍什麼花招，你就等著挨揍。」

她抱起我來到門後。

「好啦，唸吧，我倒要看看你怎麼唸。」

我千眞萬確唸出來了。我唸出那句祈求上天賜福、守護這棟房子、趕走邪靈的禱詞。

珍珍目瞪口呆地放我下來。

「澤澤，你一定是背下來了，別耍我了。」

「我發誓，珍珍，我什麼字都認得。」

「沒有人不用學就會認字。是不是伊吉蒙督叔叔教你的？還是奶奶？」

「沒人教我。」

她拿來一頁報紙，我一字不差唸了出來。她尖叫一聲，喊葛洛莉雅過來看。

葛洛莉雅又緊張兮兮地跑去找阿萊伊琪，不出十分鐘就聚了一群看熱鬧的鄰居。

這就是托托卡要我告訴他的「那件事」。

「是叔叔教你的。他答應如果你學會了就送你小馬。」

「才不是。」

「我要去問他。」

「去啊。托托卡，我不知道怎麼解釋，不然我就會解釋給你聽。」

「那我們回家吧。等著瞧，萬一你哪天需要什麼東西……」

他氣得抓住我的手拖我回家，但接著他就想到了報復的辦法。

「你活該！小笨蛋，你太快學會認字了。這下子，你二月就得去上學了。」

這是珍珍的主意。只要我去上學，我們家就可以每天風平浪靜一上午，我也會學到一點規矩。

「我們再練習過馬路一次。別以爲你上學的時候我會當你保母，整天帶你過馬路。如果你這麼聰明，那你也能學會這件事。」

「這是你要的小馬。好啦，讓我開開眼界吧。」

他打開報紙，給我看一張藥品廣告上的一個句子。我唸道：

「藥局和藥妝店皆有售。」

伊吉蒙督叔叔跑去後院找奶奶。

「媽，他連『藥妝店』都唸對了，還知道『皆有售』。」

他倆開始塞東西給我唸，而我什麼都唸得出來。

奶奶喃喃說著不得了、不得了。

伊吉蒙督叔叔送了小馬給我，我又抱了他一下。接著，他抬起我的下巴，聲音顫抖地說：

「前途無量啊，你這個小潑猴。你會叫約瑟不是偶然的。你將是眾星環繞的太陽[8]。」

我聽不懂他在說什麼，心想他是不是眞的有點秀逗。

「我說的是約瑟的故事，你還不懂。等你長大一點，我再說給你聽。」

我超愛聽故事的。越難懂的故事越愛。

我拍著我的小馬，過了好一會兒才抬起頭來，看著伊吉蒙督叔叔說：

「你覺得我下星期是不是就長大一點了，叔叔？」

〔編按〕本書註解除譯註外，係由巴西名作家路易．安東尼奧．阿吉亞爾（Luiz Antonio Aguiar）所補充。

1 在不同的段落中，我們都會看到澤澤和惡魔的形象連在一起，因為他老是闖禍。這只是要強調澤澤的活潑好動和叛逆精神，一切都呼應著他豐富的想像力、行動力和積極做事的主動性。這種看待男孩特質的眼光反映出他生活在一個保守主義的世界，乖順、守規距、聽話才是好孩子。

2 里約—聖保羅公路（Estrada Rio-São Paulo）位於里約熱內盧，於一八六一年通車，全長近三十一公里，連接瑟羅佩奇卡（Seropédica）和大里約西區的大坎波（Campo Grande）。這條公路是連接里約熱內盧和聖保羅的城市交通網的一部分，如今已被國道一一六杜特拉總統公路（BR 116 Presidente Dutra）所取代。

3 理性的年紀（Idade da razão）是一個普遍的慣用語，用來指人長大成熟，脫離童年和青春期，懂得根據理智、反省和經驗採取行動的年紀，不一定是幾歲。我們再次看到故事中融入了「人生階段」的概念，童年和青春期被視為人生中非理性或沒有理智可言的階段。

4 一種垂墜的寬緞帶做成的領結。雖然在歷史上並非普遍穿戴的服裝配件，但在十八世紀的里約熱內盧，蝴蝶領結是貴公子、詩人和藝術家流行的配飾。

5 一九四二年前，巴西用的貨幣是米雷斯（mil-réis），其後由克魯賽羅（cruzeiro）取而代之。另有面額較小的硬幣。一托斯陶（Tostão）為價值一百雷斯（réis）的硬幣。

6 譯註：一九〇〇年至一九一五年這段期間被稱為巴西紡織業的黃金時代，紡織業占全國工業資本的六〇%，位於里約熱內盧、於一八八七年設廠的英格蘭紡織廠（Moinho Inglês）為其中一家紡織大廠。本書主角澤澤所生活的班古（Bangu），亦於一八九三年設立了班古紡織廠（Fábrica de Tecidos Bangu），整個二十世紀，該廠在巴西及世界紡織業皆有舉足輕重的地位，使「班古織品」（Tecidos Bangu）成為家喻戶曉的名品。

7 譯註：弗萊德·湯姆森（Fred Thompson, 1890-1928），美國默片演員，以飾演牛仔聞名，銀王（Silver King）是他在片中的坐騎。

8 譯註：此處典出《聖經·創世紀》三十七章九節，約瑟說：「我又做了一夢，夢見太陽、月亮，與十一個星向我下拜。」聖經人物「約瑟」（Joseph）即葡文的 José，葡文也由 José 衍生出 Zezé 這個小名，亦即「澤澤」。

第二章
某棵甜橙樹

在我們家都是大的帶小的，一個帶一個。珍珍負責照顧葛洛莉雅和另一個被送給北方一戶好人家的妹妹。托托卡是珍珍的心肝小寶貝。再來輪到拉拉照顧我，直到不久前，她還很疼我，但我想她後來顧我顧得很煩了吧，不然就是瘋狂愛上她男友了。他就像流行歌裡的那種潮男，愛穿垮褲和短外套。他們星期天帶我去「放風」的時候（她男友都說散步是「放風」），他會買一些超好吃的零嘴給我，要我幫他們保密。我甚至不能去問伊吉蒙督叔叔「放風」是什麼意思，不然全家人都會知道。

我還有一個哥哥和一個姊姊很小就死了，我只聽說過他們的事。大家說他們是兩個阿平納杰小土著[1]，皮膚很黑，一頭黑直髮，所以才取了土著的名字，女生叫阿拉希，男生叫朱郎吉。

再來就是我的小弟路易。照顧他最多的是葛洛莉雅，第二多的是我。其實他不需要什麼照顧，因爲天底下沒有比他更可愛、更安靜、更乖巧的小男孩了。

這就是爲什麼當他用他那字正腔圓的小嗓音說話時，正要往街上走去的我改變了主意。

「澤澤，你要帶我去動物園嗎？今天看起來不會下雨，對吧？」

多可愛啊。他說話說得那麼好，這孩子前途無量，能成大器。

我看著風和日麗、萬里無雲的藍天，實在沒有勇氣騙他。因爲，有時我沒心情，就會騙他說：「你瘋啦，路易，沒看到暴風雨要來了嗎？」

這次，我牽起他的小手，兩人一起到後院玩遊戲。

後院分成三個遊戲區，一區是動物園，另一區是歐洲。歐洲區就在朱利諾先生家整齊的小籬笆後面。爲什麼是歐洲？就連我心中的小鳥也不知道。我們在那裡玩糖麵包山[2]纜車。我們會拿一盒鈕扣，用一條線把全部的鈕扣串成一串（伊吉蒙督叔叔教過我，那種線叫做「麻繩」。我還以爲麻繩是一種蒼蠅，但他解釋說「麻繩」和「麻蠅」不一樣）。然後，我們就把麻繩的一頭綁在籬笆上，另一頭綁在路易的指尖。我們慢慢把鈕扣一顆一顆推到山頂，每一輛纜車都坐滿我們認識的人。其中有一顆黑得發亮，那顆是畢里奇紐。我們常常聽到籬笆另一頭傳來一聲：

「你是不是在破壞我的籬笆啊？澤澤？」

「才沒有呢，迪梅琳達太太，不信妳自己看。」

「很好，這就是我想看到的，好好跟你弟弟玩。這樣不是很好嗎？」

這樣是很好，但當我的惡魔乾爹用手肘蹭我一下，那就沒什麼比搗蛋更好玩的了……

「今年聖誕節，妳還會送我月曆嗎？就像去年那樣？」

「我送你的那一本，你拿來做什麼了？」

「妳可以來我們家看，迪梅琳達太太，它好端端地掛在那條白吐司上面。」

她笑了笑，說她會來看看的。她先生在奇古．佛朗哥的雜貨店工作。

還有一區是路西阿諾區。剛開始，路易超怕牠的。他會拉拉我的褲子，求我帶他走。但路西阿諾是我的朋友，牠只要看到我就會大聲尖叫。葛洛莉雅也不喜歡路西阿諾，她說蝙蝠是吸小朋友血的吸血鬼。

「才不是，葛洛莉雅，路西阿諾才不是那樣。牠是我朋友。牠認得我。」

「你就是個動物痴，跟畜牲說話……」

我花了好大的力氣說服路易相信我，路西阿諾不是畜牲，而是一架在阿方索空軍基地[3]飛來飛去的飛機。

「路易，看！」

路西阿諾會開心地飛啊飛，像聽得懂我們在說什麼。他眞的懂。

「他是一架飛機，他在表演……」

我停了下來。我得再去問問伊吉蒙督叔叔那個字，到底是飛行特「枝」、飛行特「歧」，還是飛行特「技」。反正是其中一個，但我可不能把我的小弟教錯了。

但他現在想去動物園。

我們靠近雞舍，裡面有兩隻羽毛豐滿的母雞在地上啄啊啄。黑色那隻老母雞很乖，我們甚至可以搔搔牠的頭。

「我們先去買門票。牽好我的手，因爲人很多，小朋友很容易走丟。看到星期天的動物園有多忙了嗎？」

這時，路易就會東看看、西看看，看見到處都是人山人海，然後抓緊我的手。

到了售票口，我挺起肚子、清清喉嚨，鄭重其事地把手伸進口袋，問售票小姐說：「幾歲以下免門票？」
「五歲。」
「所以，請給我一張成人票就好了。」
我摘下兩片橙子樹的樹葉當門票，和路易一起入園去。
「首先，孩子，你會看到美麗的鳥兒。看！五顏六色的鸚鵡，有小隻的長尾小鸚鵡，還有大隻的金剛鸚鵡。那邊那些有著鮮艷羽毛的是緋紅金剛鸚鵡[4]。」
他瞪大了眼睛，看得興致勃勃。
我們東逛西逛，東看西看，看到好多東西。我甚至注意到背景裡的葛洛莉雅和拉拉，她們坐在長椅上剝柳丁。拉拉直盯著我，看我在搞什麼鬼……她們會發現嗎？要是發現了，動物園一遊就要以某人被打屁股畫下句點了，而那個某人只可能是我。
「接下來呢？澤澤，我們現在要看什麼？」
我又清了清喉嚨，恢復剛剛的架勢。
「去看猴子吧！伊吉蒙督叔叔說牠們是『猿猴』。」
我們買了幾根香蕉，丟給猴子吃。

我們知道「嚴禁餵食」的規矩，但園裡有這麼多人，警衛忙不過來。
「小不點，別靠太近喔，不然牠們會對你丟香蕉皮。」
「我超想去看獅子的。」
「等等就去。」
我瞥了一眼另外兩隻在吃柳丁的「猿猴」。從獅籠那裡，我可以聽到她們在說什麼。
「到了。」
我指了指那兩隻黃色的母非洲獅。路易說他想摸摸黑豹的頭。
「你瘋啦？小不點，黑豹是動物園裡最可怕的猛獸。牠被送到這裡，就是因爲牠咬掉十八個馴獸師的手臂，還吃進肚子裡去了。」
路易一臉害怕，嚇得縮了縮他的手。
「牠是從馬戲團來的嗎？」
「正是。」
「哪個馬戲團？澤澤，你怎麼沒跟我說過？」
我想了又想。在我認識的人當中，有誰的名字聽起來像馬戲團的名字？

「啊！牠是從胡森柏格馬戲團來的。」
「胡森柏格不是麵包店嗎？」
要騙過他真是越來越難了。他越來越聰明了。
「胡森柏格也是麵包店沒錯。我們走了好多路，該坐下來吃個午餐了。」
我們坐下來假裝吃東西，但我豎起耳朵，聽我的姊姊們在說什麼。
「拉拉，我們應該學學他，瞧他對路易多有耐心。」
「是，但路易可不像他。澤澤不只是皮而已，他那叫壞。」
「是啦，他骨子裡就是個小惡魔，但他太逗了。無論他做出什麼事，整條街的左鄰右舍都沒辦法一直氣他。」
「反正我是非揍他不可，他總有一天得學乖。」
我同情地看了葛洛莉雅一眼。她總是出手救我，我也總是向她保證下不爲例。
「晚點吧。先不要。畢竟他們現在不吵不鬧，只是在玩而已。」
她什麼都知道了。她知道我穿過水溝，跑到瑟琳娜太太家的後院，看到曬衣繩上掛著一堆隨風飄蕩的手腳，看得正入迷，惡魔乾爹就對我說，我可以讓所有的手腳同時一起掉下來。我也覺得這樣一定很好玩，就從水溝找來一塊很利的玻璃碎片，爬上橙子樹，拿出無比的耐力，把曬衣繩割斷。

我差點跟著一起摔下來。有人驚呼一聲，大家跑了過來。

「快來幫忙！繩子斷了！」

但不知從哪裡傳來一道更響亮的叫聲。

「是保羅先生家那孩子！小兔崽子，我看到他拿著玻璃碎片爬上橙子樹。」

「澤澤？」

「怎麼啦？路易。」

「你怎麼知道這麼多動物園的事？」

「我去過很多動物園啊！」

騙人的。我知道的都是伊吉蒙督叔叔告訴我的。

他甚至答應有一天要帶我去。但他走路那麼慢，等我們走到的時候，動物園恐怕都不在了吧。托托卡倒是跟爸爸去過一次。

「我最愛的是伊莎貝爾鎮[5]杜蒙男爵街上的那一個。你知道杜蒙男爵是誰嗎？你當然不知道。你年紀太小了，不知道這些事情。杜蒙男爵一定跟上帝很要好，因爲就是他幫上帝發明了動物樂透[6]和動物園。等你年紀大一點……」

我的兩個姊姊還在那裡。

「等我年紀大一點怎麼樣？」

「天啊，你的問題還眞多。等你夠大了，我就教你樂透動物和牠們的號碼，從一號教到二十號。至於二十號到二十五號，我知道有乳牛、公牛、熊、鹿和老虎，只是不知道順序。但我會去學一學，免得把你教錯了[7]。」

逛動物園的遊戲，他玩膩了。

「澤澤，唱〈小房子〉[8]給我聽。」

「在動物園唱？這裡人很多欸！」

「才不會。我們已經離開動物園了。」

「這首歌眞的很長。我只唱你喜歡的部分喔！」

我知道他愛聽小小蟬兒的部分。我吸飽了氣，唱道：

我住在山頂上的房子裡
山下有座欣欣向榮的果園
那是一棟小房子
可以看到
遙遠的大海

我跳過幾句歌詞，又唱道：

在奇形怪狀的棕櫚樹間
小小蟬兒唱著讚美詩
太陽張著金色的帆下山了
一隻夜鶯在花園……

我停了下來。兩個姊姊還坐在那裡等我。我想到一個妙計：不如我就一直唱到天黑，唱到她們等不下去。

果然沒有這麼好的事。我唱完整首歌，又再重唱一次，接著唱〈愛太匆匆〉，甚至唱了〈雷夢娜〉[9]。我知道兩種不同版本的〈雷夢娜〉，兩種都唱了……但她們毫不動搖。這下我急了。最好還是做個了斷吧。我朝拉拉走了過去。

「來吧，拉拉，要打就打吧。」

我轉過來，把屁股對著她，咬緊了牙根。因爲我知道，拉拉用拖鞋打人下手是很重的。

是媽媽的主意。

「今天，我們都去新家看看。」

托托卡把我拉到一邊，跟我咬耳朵說：

「你如果告訴任何人我們已經去過了，你就完蛋了。」

但我想都沒想過要說出去。

我們一大群人沿街走去。葛洛莉雅牽著我的手，奉命一分鐘都不能讓我離開她視線。我則牽著路易的手。

「媽媽，我們什麼時候搬家？」葛洛莉雅問。

「過完聖誕節兩天後，我們就要開始打包了。」媽媽有點難過地說。

她聽起來是那麼疲憊。我心裡眞爲她難過。媽媽勞碌了一輩子，從工廠蓋好時就在那裡工作。那時她六歲，他們會讓她坐在桌子上，她要負責清潔和擦乾各種工具。她的個子那麼小，沒辦法自己爬下來，所以會在桌上尿褲子。她告訴我，這就是爲什麼她不曾上學、讀書、識字。我聽了很難過，就跟她發誓說等我長了智慧、成爲詩人，我會唸我作的詩給她聽。

各式各樣的商店都開始有聖誕節的氣氛了。窗玻璃上都畫了聖誕老公公。爲了避開尖峰時刻，大家已經在買聖誕卡了。我模模糊糊地希望著，這次小耶穌會在我心中誕生。無論如何，等我到了理性的年紀，或許我也會有點長進吧。

「就是這裡。」

大家都很喜歡。這房子小了一點。在托托卡的協助下，媽媽扭開那條拴住大門的鐵絲，緊接著大家就一湧而入。葛洛莉雅放開我的手，忘記她該有點淑女的樣子，只顧衝上前去抱住那棵芒果樹。

「芒果樹是我的。我先來的。」

托托卡則將羅望子樹據爲己有。

我什麼也沒搶到，幾乎是淚眼汪汪地望著葛洛莉雅。

「那我呢，葛洛莉雅？」

「到後面去啊，傻瓜，那裡一定還有更多樹。」

我跑過去，卻只看到長得很高的雜草和幾棵帶刺的老橙樹，水溝旁立著一棵矮不隆咚的甜橙樹。

我很失望。這時，他們全都進屋搶房間去了。

我跑去拉葛洛莉雅的裙子。

「後面什麼都沒有啊。」

「那是你不懂得怎麼用心看。等我一下，我找棵樹給你。」

葛洛莉雅說完就跟我一起去。她仔細察看了那些橙子樹。

「你不喜歡這一棵嗎？它很好啊。」

我不喜歡這一棵，也不喜歡那一棵或任何一棵。它們都有太多刺了。

「比起這些醜八怪，我比較喜歡那棵甜橙樹。」

「在哪？」

我帶她去看。

「多可愛的小橙樹啊！一根刺也沒有，卻這麼有個性，遠遠就看得出來它是一棵甜橙樹。如果我的個子像你一樣小，我就要它，不要別的。」

「但我想要一棵大樹。」

「好好想想，澤澤，這一棵年紀還小，它會長大，你們會像兄弟一樣彼此了解、一起長大。看到那根樹枝了嗎？沒錯，它只有一根樹枝，但它看起來有點像專門爲你量身打造的小馬。」

我覺得很委屈。這件事讓我想起有一次，我們看到幾支天使圖案的蘇格蘭威士忌酒瓶。拉拉一馬當先說：「這支是我的。」葛洛莉雅和托托卡也各挑了一支。那我呢？我只剩後面那顆小小的頭，幾乎沒有翅膀，第四個蘇格蘭天使甚至不完整……我總是最後的一個。等我長大了，我要給他們點顏色瞧瞧。我會買下整片亞馬遜叢林，每一棵碰到天空的大樹都是我的。我會買下整間店所有天使圖案的酒瓶，誰都別想分走一隻翅膀。

我坐在地上擺臭臉，氣呼呼地靠著那棵小橙樹。葛洛莉雅笑盈盈地走開。

「你氣不久的，澤澤，你會明白我是對的。」

我用一根樹枝劃著地面，劃著劃著就漸漸不再抽泣了。這時，我在靠近我心臟的地方聽到一個聲音，不知是從哪兒傳來的。

「我認為你姊姊是對的。」

「每個人都是對的，只有我永遠都是不對的。」

「沒這回事。如果你好好看看我，你就會明白的。」

我嚇得一骨碌爬起來，盯著那棵小樹。太奇怪了。因為我總是跟各種東西說話，但我以為回話的是我心中的小鳥。

「你真的會說話？」

「你聽不見嗎？」

它ㄎㄎ笑了一聲。我差點尖叫著逃走，但好奇心把我留在那裡。

「你用什麼說話？」

「用樹葉、樹枝、樹根，樹木用自己身上的一切說話。想聽聽看嗎？把你的耳朵貼在我的樹幹上，你就會聽到我的心跳。」

我猶豫了一下，但看它那麼小一棵，就覺得沒什麼好怕的了。

我把耳朵貼上它的樹幹，聽到遙遠的叮、叮、叮……

「聽到了吧？」

「告訴我，大家都知道你會說話嗎？」

「不，只有你知道。」

「眞的嗎？」

「我發誓。有一次，一隻小仙子跟我說，如果有個像你這樣的小男孩跟我做朋友，我就會說話，還會很開心。」

「那你會等等嗎？」

「等什麼？」

「等我搬過來。一個多星期之後，你不會忘記怎麼說話吧？」

「絕對不會。但我只會對你說。你想看看我多好騎嗎？」

「要怎麼……」

「坐到我的樹枝上。」

我聽話照做。

「現在，閉上眼睛，前後搖啊搖。」

我聽話照做。

「如何？騎過更好騎的馬嗎？」

「從來沒有。太棒了。我要把銀王送給我的小弟。你會喜歡他的。」

我爬了下來，愛我的小橙樹愛得不得了。

「聽著，我要來這裡找你。甚至是在我們搬過來之前，只要可以，我都會過來跟你聊聊天。現在我得走了。他們已經到前門準備離開了。」

「但朋友不是像這樣說再見的。」

「噓！我姊來了。」

就在我跟那棵小樹擁別時，葛洛莉雅來了。

「再見，我的朋友，你是全世界最美好的東西！」

「我就說吧！」

「妳說的對。現在，就算要拿芒果樹或羅望子樹跟我換，我也不換。」

她溫柔地摸摸我的頭髮。

「澤澤啊澤澤……」

我們手牽手離開。

「葛洛莉雅，妳的芒果樹很遜，妳不覺得嗎？」
「現在說還太早，但看起來是有點遜沒錯。」
「那托托卡的羅望子樹呢？」
「也滿遜的。你問這個幹麼？」
「我不知道該不該告訴妳。但有一天我會告訴妳一個奇蹟，葛洛莉雅。」

1 譯註：阿平納杰人（Apinajé）為巴西的原住民族，此處「土著」原文「bugrezinho」，為帶有歧視意味的貶稱。

2 譯註：糖麵包山（Morros do Pão de Açúcar）為巴西里約熱內盧著名景點，因狀似做麵包的模具而得名。

3 阿方索空軍基地（Campo dos Afonsos）位於巴西里約熱內盧的西區。

4 緋紅金剛鸚鵡常見於里約熱內盧的山區和聖保羅的大西洋熱帶雨林區。

5 Vila Isabel是位於里約熱內盧北區的城鎮，為巴西流行樂重要的發源地，也是巴西樂界幾位響噹噹的大人物的出生地，包括流行樂先驅Noel Rosa和森巴作曲家Martinho da Vila在內。

6 動物樂透（jogo de bicho）為一種非法的賭博遊戲，賭客賭一個代表某種動物的數字（從一到二十五或其百倍、千倍）。這種遊戲是房地產大亨杜蒙男爵（João Batista Viana Drummond, 1825-1897）於一八九二年發明的，他在伊莎貝爾鎮成立了巴西第一座動物園，該動物園現已遷至聖克里斯托旺（São Cristóvão）。動物樂透原為官方活動，杜蒙男爵用來為動物園募集維修經費。

7 譯註：「動物樂透」共有二十五種動物的樂透彩券，從一號的駝鳥編號到二十五號的乳牛。

8 〈小房子〉（Casinha Pequenina）是一首公版的傳統歌謠，一九〇五年首度由巴西歌手Mário Pinheiro收錄到唱片中，此後也有其他知名歌手改編歌詞錄製過同一首歌。本書所用歌詞可能是作者自創的版本。

9 葡文版的〈雷夢娜〉因一九二八年由墨西哥女星Dolores del Rio主演的同名電影原聲帶而蔚為流行。

第三章
窮人瘦巴巴的手指

當我向伊吉蒙督叔叔提出我的疑問時，他認眞地想了一想。

「所以，你擔心的是什麼？」

「報告叔叔！我擔心搬家之後路西阿諾會不會跟過來。」

「你覺得那隻蝙蝠眞的很喜歡你？」

「那當然。」

「發自內心喜歡你？」

「我很確定。」

「那你就可以放心啦，牠一定會跟過去的。可能要花一點時間才會在新家出現，但牠總有一天會找到路的。」

「我已經跟牠說過路名和門牌號碼了。」

「好，那就更容易了。如果牠有別的要

務纏身去不了，牠會派個兄弟姊妹、表兄弟姊妹或什麼三親六戚之類的過去，反正你看不出有什麼差別。」

但我還是不放心。如果路西阿諾不識字，路名和門牌號碼又有什麼用？或許牠得問問路上的小鳥、螳螂和蝴蝶。

「別擔心，澤澤，蝙蝠的方向感很強。」

「什麼感很強？」

他解釋了一下「方向感」是什麼意思，我對他知道那麼多東西又更欽佩了。

問題解決了，我出門去告訴左鄰右舍我們要做什麼：搬家。多數大人都興奮地說：

「你要搬家？澤澤，太好了！多棒啊！真令人鬆一口氣！」

唯一眼睛都沒眨一下的是畢里奇紐。

「幸好只離這裡幾條街。你還會在附近。我跟你說的事怎麼樣？」

「那是什麼時候？」

「明天八點，班古賭場[1]門口，聽說工廠老闆訂了一卡車的玩具。你要去嗎？」

「要啊。我會帶路易去。你覺得我也會得到禮物嗎？」

「當然。你跟他一樣是個小不點。怎麼了？你覺得你太大了嗎？」

他靠上前來，讓我覺得自己還是個小不點，比我以爲的還更小。

「因爲如果我會得到禮物的話……可是現在我有別的事要做。明天在那裡見！」

我跑回家，繞著葛洛莉雅打轉。

「怎麼了？澤澤。」

「如果妳明天能帶我們去賭場，那就太好了。有一輛載滿玩具的卡車要從城裡過來。」

「喔，澤澤，我有一堆事要忙。我要燙衣服，要幫忙珍珍準備搬家的東西，要顧火爐上的鍋子……」

「有一堆希爾林戈[2]的軍校學生也要去喔。」

除了收集魯道夫．范倫鐵諾（她都叫他「魯迪」）的照片、把這些照片黏到一本筆記簿上，她對軍校學生特別著迷。

「開什麼玩笑？軍校學生早上八點跑到賭場？別鬧了。滾一邊去，澤澤。」

但我沒滾。

「妳知道的，葛洛莉雅，這不是爲了我自己。我答應路易會帶他去。他還那麼小。他那個年紀的孩子滿腦子想的就是聖誕節。」

「澤澤，我說了，我不去。而且你撒謊，明明就是你自己想去。你還有一輩子的時間可以收聖誕禮物。」

「萬一我死了呢？萬一我今年沒收到聖誕禮物就死掉了呢？」

「你不會那麼快死，我的小老弟，你的命會比伊吉蒙督叔叔或班尼吉托先生還長上兩倍。好了，夠了。去玩吧。」

但我還是不走。無論她朝哪個方向轉過身去，我都保證讓她撞上我。她去五斗櫃拿東西，我就坐在旁邊的搖椅上，用眼神求她。這招對她眞的很有效。她去洗衣盆取水，我就坐在門口看著她。她去臥房拿要洗的衣服，我就坐在床上，雙手捧著下巴看……

她受不了我的攻勢。

「夠了，澤澤。我已經說了，不行就是不行。看在老天的份上，不要考驗我的耐心。去玩吧！」

但我還是不走，呃，我不打算走，但她把我抱起來，一路抱到門外，最後丟在後院。接著她就回到屋子裡，關上廚房和客廳的門。我不肯放棄。我跑去坐在她會經過的每一扇窗戶外，因爲她現在開始撣灰塵和整理床鋪了。她看到我在偷看，就把窗戶關上，最後她把滿屋子的窗戶都關上，免得看到我。

「壞蛋！巫婆！祝妳永遠嫁不到軍校學生！祝妳嫁個死老百姓，嫁個沒錢擦鞋的窮光蛋！」

看來我只是在浪費時間。我氣呼呼地朝街上走去。

我碰到在外面玩的納吉努。他蹲在地上，不知看什麼東西看得出神。我走過去，看到他用火柴盒做了一輛小拖車，還把它綁在我這輩子看過最大隻的金龜子身上。

「哇！」

「很大隻吧！」

「想跟我換嗎？」

「換什麼？」

「明星小卡。」

「幾張？」

「兩張。」

「別鬧了。這麼大隻的金龜子，你只給我兩張？」

「伊吉蒙督叔叔家後面的水溝有一大堆像這樣的金龜子。」

「三張。」

「三張就三張，但你不能挑。」

「沒這種事。我至少要挑兩張。」

「成交。」

我有幾張蘿拉．拉．普蘭特，就給了他一張。另外他挑了一張虎特．吉布森和一張帕琪．露絲．米勒[3]。

我把金龜子放進口袋就走了。

「快點，路易，葛洛莉雅去買麵包了，珍珍在搖椅上看書。」

我們躡手躡腳地穿過走道來到廁所，我要幫他把尿。

「尿大泡一點，因爲我們可不能大白天在路邊尿尿。」

尿完尿，我就著洗臉盆幫他洗了把臉，也給自己洗了把臉。回到房間之後，我一聲不響地幫他穿衣服、穿鞋子。可惡的襪子！老是礙手礙腳。我幫他扣好藍色小西裝的鈕扣，然後找來一把梳子。但他的頭髮一直翹起來，我得想想辦法。到處都找不到可以用的東西。沒有美髮油，也沒有別種油。我到廚房用指尖沾了一點豬油，在手掌上揉開，先聞了一聞。

「一點味道都沒有。」

接著，我就把豬油抹到路易頭髮上，開始梳了起來。他滿頭的鬈髮眞漂亮，看起來就像背上駝著羔羊的聖約翰[4]。

「好了，你好好站在那裡不要動，衣服才不會弄皺。換我穿衣服了。」

我一邊穿上長褲和白襯衫，一邊看著我的弟弟。

多漂亮的一個小傢伙啊！全班古[5]第一漂亮。

我穿上我的網球鞋，這雙鞋可得撐到我明年去上學。我一直看著路易。那副整齊清潔又可愛的小模樣，搞不好都會被誤認爲是年紀稍微大一點的耶穌寶寶。他一定會拿到很多禮物，只要他們看到他……

我不由得抖了一下。葛洛莉雅剛進門，正把麵包放到餐桌上，我能聽到紙袋窸窸窣窣的聲音。

我們手牽手來到她面前。

「他看起來是不是很可愛？葛洛，是我幫他穿衣服的。」

她沒生氣，只是靠在門上看。她低下頭的時候，眼裡滿是淚水。

「你也很可愛。喔！澤澤！」

她蹲了下來，將我的頭抱在她的胸口。

「天啊！人生爲什麼這麼難呢？」

她振作了一下，開始整理我們的衣服。

「我說了我沒辦法帶你們去。眞的沒辦法，澤澤。有太多事要做了。我們先吃早餐，我來想想怎麼辦。就算我想去，也來不及準備了啊……」

她給我們倒咖啡、切麵包，不斷以絕望的眼神看著我們。

「爲了幾個破玩具大費周章。依我看，窮人太多了，他們不會有什麼好東西可送。」

她停頓一下又說：

「這說不定是你們唯一的一次機會。我不會阻止你們，但是老天啊，你們太小了……」

「我會把他安全帶到那裡的。從頭到尾，我都會牽好他的手，葛洛，我們甚至不用穿過公路。」

「就算這樣，還是很危險啊。」

「不，不危險，我的方向感很好。」

「『方向感』又是誰教你的？」

「伊吉蒙督叔叔。他說路西阿諾的方向感很好，如果路西阿諾比我小，那我的方向感就更好了……」

「我跟珍珍說一聲？」

「幹麼這麼麻煩？她會說好啊。珍珍成天不是看小說，就是想她的男朋友。她才不想管。」

「這樣吧，把你的早餐吃完，我們去門口等。如果有我們認識的人剛好要去那裡，我就請他帶你們一起去。」

我甚至不想吃我的麵包，免得浪費時間。

我們來到門口。

沒人經過，只有時間一分一秒經過。

郵差百雄先生來了。他摘下帽子，朝葛洛莉雅揮揮手，然後答應陪我們一起去。

葛洛莉雅親親路易，又親親我。她淚眼汪汪地笑著問：

「死老百姓和沒錢擦鞋的事呢？」

「沒有的事。我亂講的。妳會嫁給肩膀上有很多星星的飛官。」

「你怎麼不找托托卡帶你去？」

「他說不要。他沒心情拖著『拖油瓶』到處跑。」

我們出發了。百雄先生叫我們走我們的，他挨家挨戶去送信，接著再加快腳步趕上我們。就這樣三番兩次下來，我們來到公路這邊時，他笑著說：「孩子們，我得加緊趕進度才行了。爲了顧你們，我的工作都落後了。好了，你們自己過馬路去吧，看樣子也沒什麼危險的。」

他夾著腋下的那捆郵件，匆匆跑走了。

我生氣地想：

「沒用的東西！答應葛洛莉雅照顧我們，卻把兩個小孩丟在公路邊。」

我把路易的小手牽得又更緊，我們繼續前進。
他開始露出很累的樣子，跨出的腳步也越來越短。
「拜託，路易，快到了。那裡有好多好多的玩具喔！」
他會先走快一點，但接著又變慢了。
「澤澤，我好累。」
「我抱你，好嗎？」
他張開兩條小手臂，我抱著他走了幾步。天啊，小不點怎麼重得跟鉛塊一樣。
當我們來到進步街時，我才是氣喘吁吁的那一個。
「你現在自己走一下吧。」
教堂的鐘敲了八下。
「喔，不得了！我們七點半就該到那裡了。可是沒關係，有很多人、很多玩具，一卡車那麼多。」
「澤澤，我腳痛。」
我跪到地上。
「我幫你把鞋帶鬆開一點，就不會那麼難受了。」

我們走得越來越慢，感覺永遠也到不了市場。過了市場，我們還得經過學校，然後在班古賭場那條街右轉。最糟糕的是時間過得飛快，就像是故意跟我們作對似的。

我們到的時候都筋疲力盡了。那裡一個人也沒有，看起來甚至不像發過玩具的樣子。但確實已經發過了，因爲街上到處是皺巴巴的包裝紙。彩色的碎紙屑丟在沙地上。

我的心臟狂跳起來。

我們走上前去，來到賭場前，只見柯奇努先生正在把門關上。

「柯奇努先生，結束了嗎？」我慌張地說。

「是啊，澤澤，你們來晚了。剛剛眞是搶成一團。」

他關上一邊的門，和藹地笑著。

「什麼都不剩，就連我的姪子姪女都分不到。」

他關上另一邊的門，走到街上去。

「明年你得來早一點，貪睡的小懶豬！」

「算了，沒關係。」

沒關係才怪。我很難過、很失望。我寧可死掉也不要發生這種事。

「到那裡坐下吧。我們需要休息一下。」

「我口渴，澤澤。」

「等等經過麵包店，我們可以跟胡森柏格先生要杯水。今天就這樣吧。」

這時，他才明白發生什麼悲劇。他一句話也沒說，只是嘟著嘴，眼裡含淚看著我。

「別擔心，路易，你知道我的小馬銀王吧？我會請托托卡幫它換一根棒子，給你當聖誕禮物。」

他吸了吸鼻子。

「不……別這樣。你是國王耶。爸爸說因爲有個國王叫路易，他才幫你取這個名字。國王可不會在街上哭給大家看。」

我將他的頭靠在我胸口，摸著他捲捲的頭髮。

「等我長大，我要買一輛漂亮的汽車，就像曼努耶爾・瓦拉達利斯的那一輛。記得嗎？就是那位葡萄牙先生，有一次我們去跟曼加拉蒂巴特快車揮手，他在火車站從我們旁邊經過？哼！我會買一輛就像那樣的漂亮大汽車，滿車的禮物只給你一個人……但你別哭了，因爲國王是不哭的。」

我的胸口難過得快爆炸了。

「我發誓會買一輛，就算要殺人放火搶銀行……」

說出這句話的一定是我的心，不是我心中的小鳥。

只有這個辦法了。耶穌爲什麼不愛我呢？他甚至愛馬槽裡的牛和驢[6]，但卻不愛我。他懲罰我，因爲我是惡魔的乾兒子。他用不給我弟弟禮物來懲罰我。但這對路易不公平啊，因爲他是天使，天堂裡甚至找不到比他更棒的天使……

我軟弱地哭了，淚水滾下我的臉頰。

「澤澤哭哭……」

「我很快就好了。而且，我不像你，我又不是國王。我只是一個很皮、很不乖的壞孩子，什麼都做不好。」

「托托卡，你有沒有去新家那裡？」

「沒有。你有嗎？」

「我只要可以就會去一下。」

「去幹麼？」

「我想看看小拇指怎麼樣了。」

「小拇指？什麼小拇指？」

「他是我的甜橙樹。」

「你真是找東西的高手。你幫他找到一個很合適的名字了。」

他一邊哈哈大笑，一邊繼續削著木棒。這根木棒要用來當銀王的新身體。

「所以，他怎麼樣了？」

「完全沒長高。」

「你一直看著他，他就長不高了。你覺得削成這樣怎麼樣？這就是你要的樣子嗎？」他在說那根木棒。

「是！托托卡，爲什麼你什麼都會做？你會做籠子、雞舍、苗圃、籬笆、門……」

「因爲不是每個人都是天生的詩人，戴蝴蝶領結那種。但你如果真的很想當詩人，你可以學。」

「我不這麼認爲。你得有那個『資質』才行。」

他頓了一下，要笑不笑地看著我，對這個可能是伊吉蒙督叔叔教我的生詞有點不以爲然的樣子。

奶奶來我們家了。她在廚房用葡萄酒做法式吐司。我們的聖誕大餐就只有這個了。

我對托托卡說：

「有些人連這也沒有。葡萄酒，還有明天午餐的水果沙拉，都是用伊吉蒙督叔叔的錢買的。」

托托卡免費幫忙做這根新木棒，因爲他聽說班古賭場的事了。至少路易有禮物，雖然是舊的、二手的，但是很漂亮，是我很寶貝的東西。

「托托卡？」

「什麼事？」

「你覺得聖誕老公公會不會什麼禮物也不給我們？」

「我覺得不會。」

「跟我說實話。你覺得我眞的像大家說的那麼皮、那麼壞嗎？」

「不是『壞』，只是你身上流著惡魔的血。」

「聖誕節來的時候，眞希望我可以變得不一樣。眞希望在我死之前，這輩子至少有一次，耶穌寶寶在我心裡誕生，而不是惡魔寶寶。」

「或許明年吧……你怎麼不學學我？」

「學你什麼？」

「沒有希望就不會失望。耶穌也不像大家說的那麼好，因爲牧師說，就算教義問答書[7]上寫……」

他停了下來，不確定該不該繼續。

「寫什麼？」

「好吧，假設你眞的太皮了、不該拿到禮物，那路易呢？」

「他是天使。」

「葛洛莉雅呢？」

「她也是天使。」

「那我呢？」

「嗯……有時候你……你……你會用我的東西，但你是好人。」
「拉拉呢？」
「她打人很用力，但她是好人。有一天，她會縫個蝴蝶領結給我。」
「珍珍呢？」
「珍珍就是珍珍，但是她不壞。」
「媽媽呢？」
「媽媽很好；她打我的時候會難過，而且她打得很輕。」
「爸爸呢？」
「哼！這可不好說。他一直都很倒霉。我覺得他跟我一樣，也是家裡的掃把星。」
「那所以，全家都是好人，耶穌為什麼對我們那麼壞呢？你現在去看看弗爾哈柏醫生家堆得滿滿的大餐桌，還有維拉斯—波亞斯家、阿道科托．魯斯醫生家……別說了，數也數不完。」
我第一次看到托托卡快要哭出來的樣子。
「這就是為什麼我覺得耶穌生在窮人家只是為了做做樣子，後來他就只看到有錢人的好……但我們別說這個了吧，說這種話恐怕是很嚴重的罪。」

他低頭摸著小馬的身體，心情沮喪到不想抬起頭來。

那個平安夜的晚餐哀傷到我連想都不願去想。大家默默吃著法式吐司，爸爸只嚐了幾口，他連鬍子都沒刮。沒有人去做午夜彌撒[8]。最糟的是，誰都沒有跟誰說一句話。

感覺不像耶穌寶寶的生日，倒像耶穌寶寶的葬禮。爸爸抓起他的帽子、穿上他的涼鞋就出去了，沒說再見，也沒祝任何人聖誕快樂。

奶奶拿出手帕擦擦眼角，請伊吉蒙督叔叔帶她回家。伊吉蒙督叔叔在我和托托卡手裡各放了五托斯陶，或許他還想多給一點，但他只有這麼多了。或許，如果可以，他還比較想給他在城裡的孩子們。這就是爲什麼我抱了抱他。我想，這大概是那晚唯一的一個擁抱了吧。沒有人彼此擁抱，也沒有人說一句好話。媽媽回房去了，一定是爲了偷偷躲起來哭。不只是媽媽，大家都想躲起來哭。拉拉去門口送奶奶和伊吉蒙督叔叔，他們離開時走得很慢很慢，拉拉說：

「他們看起來像是老得活不動了，對人生的一切都厭倦了。」最難過的是教堂歡樂的鐘聲填滿黑夜，還有沖天炮射向天空，讓上帝看看地上的人多快樂。

我們回屋裡時，葛洛莉雅和珍珍在洗髒碗盤，葛洛莉雅的眼睛紅紅的，像是剛剛大哭了一場。

她努力掩飾難過的心情，對我和托托卡說：

「小朋友該上床睡覺囉！」

說這話時，她看著我們，心裡知道沒有什麼小朋友，我們都大了，都嚐著一樣苦澀的滋味。

或許都是家裡被電力公司斷電後暗淡的燈光害的。或許。

只有小國王無憂無慮地含著拇指睡得很熟。我把小馬立在他床邊，忍不住輕輕摸著他的頭髮，無限溫柔地說了聲：

「小不點。」

整棟房子都暗下來之後，我悄悄說：

「托托卡，法式吐司很好吃，對吧？」

「我不知道。我沒吃。」

「爲什麼？」

「我的喉嚨梗住了，吞不下東西……睡吧。大睡一覺就什麼都忘了。」

我從床上爬起來，托托卡聽得到我動來動去的聲音。

「澤澤，你要去哪？」

「我要把我的鞋子放到門外。」

「算了吧。最好不要。」

「我就要。誰也說不準，說不定會有奇蹟發生。你知道的，托托卡，我眞的很想收到聖誕禮物。一件就好。只要是新的、給我的……」

他翻個身，把頭埋到枕頭底下去了。

我一起床就去叫托托卡。

「走吧！去看看！我打賭鞋子裡一定有禮物。」

「我才懶得看。」

「好吧，我自己去。」

我打開房門，失望地看到鞋子裡是空的。托托卡揉著眼睛走過來。

「我就說吧。」

我心裡五味雜陳，又怨又氣又難過，忍不住脫口而出說：

「有個窮爸爸眞的太慘了！」

一雙涼鞋停在我面前，我的目光從我的鞋子移到那雙涼鞋上。爸爸站在那裡看著我們。他的銅鈴大眼裡裝滿了哀傷。那雙眼睛看起來變得好大好大，大到像是占滿了班古電影院的整個銀幕。他的眼神很受傷，想哭也哭不出來的樣子。他站在那裡看了我們一下，那一下像是沒有盡頭，接著他就默默走開了。

我們僵在原地，說不出一句話。他從五斗櫃上拿了他的帽子，又出門去了。這時，托托卡才碰碰我的手臂。

「你眞的很惡毒，澤澤，像條毒蛇一樣，這就是爲什麼……」

他的聲音顫抖著，沒再說下去。

「我沒看到他在那裡啊。」

「惡毒。冷血。你知道爸爸失業很久了。這就是爲什麼我昨天在他面前吃不下飯。有一天你也會當爸爸，你會明白這種時候有多傷心。」

他再多說一個字，我就要哭出來了。

「可是我沒看到他啊，托托卡，我沒看到……」

「離我遠一點。你眞的很差勁。走開！」

我想衝到街上，跑去抱住爸爸的大腿哭，跟他說我很差勁、很糟糕。但我只是站在那裡，不知如何是好。我坐到床上，從床上看著我的鞋子。鞋子還是放在同一個角落，裡面也還是空蕩蕩的，像我慌亂的心一樣空蕩蕩的。

天啊，我爲什麼要那樣？偏偏是在今天。都已經這麼難過了，爲什麼我甚至比平常更壞呢？

到了午餐時間，我要如何面對他？我連水果沙拉都吞不下去了。

還有他那雙大眼睛，像電影銀幕一樣，黏在我的腦海裡，望著我。我閉上眼睛，還是看得到那雙好大、好大的眼睛……我用腳跟敲了敲我的擦鞋箱，心裡冒出一個主意。

或許我可以讓爸爸原諒我的惡毒。

我打開托托卡的擦鞋箱，借了一盒黑色的鞋油，因爲我自己的快用完了。我拎著我的那個擦鞋箱，沒跟任何人說一句話，傷心地沿街走去，難過得感覺不到箱子的重量，就好像我正一步一步從爸爸的眼睛上面踩過去，踩得他眼睛裡面很痛。

時間還很早，大人可能都還在睡覺吧，因爲前一晚的彌撒和晚餐。街上滿是拿玩具彼此炫耀、互相比較的小朋友。我心裡又更難過了。他們都是好孩子，沒有一個會做出我做的那種事。

我在苦命人酒吧停下來，希望能找到一個客人。這間酒吧連聖誕節也開。它會得到這個綽號不是偶然的——大家穿著睡衣、拖鞋、涼鞋來，從來沒人穿眞正的鞋子。

我沒吃早餐，但一點兒也不餓。我心裡的痛苦遠遠蓋過肚子的飢餓。我走到進步街，繞著市場走，又坐在胡森柏格先生的麵包店外面的人行道上，結果……什麼收穫也沒有。

一小時又一小時過去，一托斯陶也沒賺到。但我一定要賺到錢。一定要。

天氣越來越熱，背帶磨得我肩膀好痛，所以我時不時就得調整一下。我很渴，就去市場裡的噴泉喝水。

我洩氣地放下擦鞋箱，坐在學校前面的台階上，像個布娃娃一樣把頭垂在膝蓋上，沒精打采地坐著。我可能很快就要開始上學了吧。想到錢，我雙手抱頭，把臉埋到膝蓋之間。死掉都好過沒賺到一托斯陶就回家。

一隻鞋子敲了敲我的箱子，我聽到一個親切、熟悉的聲音。

「喂，擦鞋的，只顧睡覺賺不到錢喔！」

我難以置信地抬起頭來，是柯奇努先生，班古賭場的看門人。他把一隻鞋子踩在擦鞋箱上，我先用布擦了擦，接著把鞋子打濕再擦乾。

然後，我開始小心翼翼地抹上鞋油。

「先生，可以請您把褲腳拉上去一點嗎？」

他照我說的做。

「澤澤，今天是你的打工日嗎？」

「今天比平常都更需要打工。」

「聖誕節過得怎麼樣？」

「還可以。」

我用刷子敲敲箱子，他就換另一隻腳。我重複一樣的步驟，接著再開始上鞋油。完成之後，我又敲敲箱子，他就從箱子上把腳放下來。

「多少錢？澤澤。」

「兩托斯陶。」

「怎麼只收兩托斯陶？一般都是四托斯陶。」

「等我成爲擦鞋高手才能收四托斯陶，現在還不行。」

他給了我五托斯陶。

「多的就當聖誕禮物吧。再見啦！」

「聖誕快樂，柯奇努先生。」

或許是因爲三天前發生的事情，他才來找我擦鞋的吧。口袋裡有錢，我的精神振作了點，但振作不了多久。時間已過下午兩點，街上到處都是人，卻還是沒人來擦鞋。一個客人也沒有，甚至沒人花一托斯陶撣撣鞋子上的灰塵。

我站在公路上的路燈附近，時不時提高嗓門喊：

「擦鞋囉！先生？擦鞋唷！叔叔？聖誕節擦個鞋，幫幫窮苦人！」

一個有錢人的車子在附近停了下來。我把握機會又喊了一次，一點希望也沒有。

「幫個忙，先生？聖誕節幫助窮苦人。」

穿得很體面的女士和小孩坐在後座看著我，一直看、一直看。女士心軟了。

「可憐的小傢伙。年紀這麼小又這麼窮，給他一點錢吧，阿塗。」

但那位先生懷疑地打量我。

「騙誰呢？心機重的小無賴，利用他的體型，占聖誕節的便宜。」

「好吧，反正我要給他一點錢。過來這裡，好孩子。」

她打開她的皮包，將手伸出窗外。

「不，女士，謝謝您，我沒騙人。只有不得已的人才會在聖誕節工作。」

我拿起擦鞋箱，把箱子甩到肩上，開始慢慢走開。我沒有力氣生氣。

但車門開了，小男孩朝我跑來。

「給你，拿著。媽媽說她不覺得你騙人。」

他塞了五托斯陶到我口袋，甚至沒等我謝謝他……我只聽到車子開走的引擎聲。

四個小時過去了，爸爸的眼神還在折磨我。

我開始往回走。十托斯陶不夠，但或許苦命人酒吧可以算我便宜一點，或讓我改天再付剩下的錢。

一排籬笆的轉角有個東西，吸引了我的注意力。那是一條破掉的黑絲襪，我彎身撿起它來，套在我的手上，絲襪的布料變得非常薄。我把它收進擦鞋箱裡，心想：「這可以用來做一條很棒的蛇。」

但我又掙扎了一下：「改天吧。今天不行，絕對不行……」

我來到維拉斯—波亞斯[9]家。他們家有個鋪了水泥地的超大前院。塞爾吉努繞著花圃騎一輛漂亮的腳踏車。我把臉貼在籬笆上看。

紅色腳踏車有著黃色和藍色的條紋。金屬車身閃閃發亮。塞爾吉努看到我，就開始炫耀起來。他騎得很快，在轉角來個急轉彎，再用力踩煞車，讓輪子發出ㄍㄧ的一聲，然後騎到我面前。

「喜歡嗎？」

「這是全世界最漂亮的腳踏車了。」

「到大門這裡可以看得比較清楚。」

塞爾吉努跟托托卡一樣大，念同一個班級。

我覺得自己的光腳丫很丟臉，因爲他穿著漆皮鞋、白色的襪子和紅色的襪帶10。他的鞋子亮得能映照出一切，就連爸爸的眼睛也從亮晶晶的鞋面上望著我。我用力吞了口口水。

「怎麼了？澤澤，你的樣子好奇怪。」

「沒事。只是靠近看又更漂亮了。是你的聖誕禮物嗎？」

「是啊。」

他爬下腳踏車，打開大門來說話。

「我收到一堆東西。有留聲機、三套西裝、好多本故事書、一大盒色鉛筆、滿滿一箱遊戲卡匣、一架螺旋槳會動的飛機、兩艘白帆船……」

我垂下頭，想起托托卡說的，耶穌寶寶只愛有錢人。

「怎麼了？澤澤。」

「沒事。」

「你呢？你有沒有收到很多東西？」

我搖搖頭，沒辦法回話。

「沒有?什麼也沒有嗎?」

「我們家今年沒過聖誕節。爸爸還是沒有工作。」

「怎麼可能?!你們沒吃堅果、喝葡萄酒嗎?」

「只有奶奶做的法式吐司和咖啡。」

塞爾吉努露出一副苦思的表情。

「澤澤,你願意接受我的邀請嗎?」

我大概知道是什麼,但就算我的肚子空空如也,我也不想接受他的邀請。

「我們進屋去。媽媽會幫妳弄一盤好吃的。我們家有好多食物、好多點心……」

我不想冒險。就在這幾天,我已經嚐過苦頭了,我已經不只一次聽到有人說:

「我有沒有說過不要把街上的小孩帶到家裡?」

「不了,謝謝你。」

「好吧。那我請媽媽裝一包堅果之類的,讓你帶回家給你的小弟,這樣可以嗎?」

「不行。我得完成工作。」

這時,塞爾吉努才注意到我坐在擦鞋箱上。

「可是沒有人在聖誕節擦鞋……」

「我試了一整天，只賺到十托斯陶，其中一半還是有人可憐我給的。我還得再賺兩托斯陶。」

「賺來做什麼？」

「不能說。但我眞的有需要。」

他笑了笑，提出一個慷慨的主意。

「要幫我擦鞋嗎？給你十托斯陶。」

「這也不行。我不能收朋友的錢。」

「這樣啊，那如果我借你兩托斯陶呢？」

「我可以過陣子再還你嗎？」

「隨你囉！還我彈珠也行。」

「那好。」

他伸手到口袋裡拿錢給我。

「別放在心上，因爲大家給我好多錢，我的小豬撲滿都裝滿了。」

我摸了摸腳踏車的輪子。

「眞的很漂亮。」

「等你大一點，學會騎腳踏車了，我就讓你騎騎看，好嗎？」

「好！」

我衝向苦命人酒吧，擦鞋箱哐啷哐啷響。

我像一陣旋風衝進去，深怕趕不上關門時間。

「你還有那種很貴的菸嗎？」

苦命人的老闆看到我手裡有錢，就拿了兩包香菸下來。

「澤澤，不是你自己要抽的吧？」

他背後傳來一個聲音說：

「你瘋了嗎？這麼點大的孩子，怎麼可能抽菸！」

他頭也不回地說：

「你不知道這位小客人的事，他什麼都做得出來。」

「是給爸爸的。」

我翻看著手中的菸盒，心裡高興得不得了。

「該買這一包，還是這一包呢？」

「看你囉。」

「爲了買這個聖誕禮物給爸爸，我打了一天的工。」

「是嗎？澤澤，那他給你什麼呢？」

「什麼也沒給，可憐的老爸還是沒有工作，你知道的。」

他感動了一下。店裡沒人說一句話。

「如果是你，你會想要哪一種？」

「兩種都很好。而且，沒有一個爸爸不愛這種禮物。」

「那請幫我包這一種吧，先生。」

他把那包菸包好，但在交給我的時候，他看起來有點奇怪，像是有話想說又不能說。

我付錢給他，對他笑了笑。

「謝啦，澤澤。」

「祝你聖誕快樂，先生！」

我跑回家。

天黑了，只剩廚房裡的提燈亮著。大家都出去了，但爸爸坐在餐桌前，一手撐著下巴，手肘撐在桌上，眼神空洞地望著牆壁。

「爸爸。」

「怎麼啦？兒子，你這一整天都跑去哪了？」

他的聲音裡沒有一絲怒氣。

我給他看我揹著的擦鞋箱，然後把箱子放到地上，從我的口袋拿出那包菸。

「看，爸爸，我買了個好東西給你。」

他笑了笑，心裡明白這要花多少錢。

「你喜歡嗎？這是他們最好的菸了。」

他打開那包菸，聞了聞，露出了笑容，但說不出話來。

「抽一根嘛！爸爸。」

我去火爐那裡拿來一根火柴，點亮後湊近他嘴裡叼著的菸。

我往後一站，看著他抽第一口。這時，說不出來的感受湧上我的心頭。我把燒過的火柴丟在地上，覺得自己要爆炸了。從心裡爆出來。那股巨大的痛苦已經要爆不爆了一整天。

我看著爸爸，看著他鬍子沒刮的臉，看著他的眼睛。

「爸爸……爸爸……」

我說不出別的話，淚水和抽泣蓋過了我說話的聲音。

他張開兩條手臂，溫柔地抱住我。

「別哭，兒子。你要是這麼愛哭，這輩子可有得哭了……」

「我不是故意的，爸爸……我不是故意要說……那種話。」

「我懂，我懂。我沒有不高興，因爲我心裡知道你說的沒錯。」

他抱著我搖了搖，接著抬起我的臉，用一旁的毛巾擦了擦。

「這樣好多了。」

我舉起手，摸摸他的臉，又輕輕把手蓋在他的眼睛上，想將那雙眼睛從大銀幕上塞回去。我怕如果不這麼做，那雙眼睛就要跟著我一輩子了。

「我要把這根菸抽完。」

我哽咽著，結結巴巴地說：

「你知道嗎？爸爸，你想打我的時候，我再也不會說什麼了。你要打就打……」

「好了、好了，澤澤。」

他把淚眼汪汪的我放下來，去櫥櫃拿了一個盤子。

「葛洛莉雅幫你留了一點水果沙拉。」

我吞不下去，他就坐下來，一小匙、一小匙地餵我吃。

「沒事了吧？兒子？」

我點點頭，但前面幾口沙拉鹹鹹的，是我最後的幾滴眼淚。那股鹹味過了好久才退。

---

1 直到一九四六年禁賭之前，巴西的幾個城市皆設有賭場，為顧客提供俄羅斯輪盤等等的賭博遊戲。班古賭場（Casino Bangu）為班古紡織廠（Fábrica de Tecidos de Bangu）的附屬設施。

2 希爾林戈軍校（Escola Militar do Realengo），於一九一三年創校。

3 譯註：蘿拉·拉·普蘭特（Laura La Plante, 1904-1996）、虎特·吉布森（Hoot Gibson, 1892-1962）、帕琪·露絲·米勒（Patsy Ruth Miller, 1904-1995）皆為美國電影明星。

4 譯註：在《聖經》故事中，施洗者聖約翰（St. John the Baptist）稱耶穌為神的羔羊，許多以此為題材所繪的名畫都將聖約翰刻畫為滿頭鬈髮的小男孩。

5 班古（Bangu）為巴西里約熱內盧西區的一個城區。

6 譯註：相傳聖嬰耶穌誕生於馬槽中，有牛和驢在一旁守望。

7 教義問答書是天主教上宗教課用的書。

8 天主教傳統中，十二月二十四日的午夜會舉行莊嚴肅穆的彌撒，以慶祝聖誕節。

9 譯註：維拉斯—波亞斯（Villas-Boas）為葡萄牙文中的姓氏，此指澤澤來到姓「維拉斯—波亞斯」的人家，就像中文所說的王家、李家、陳家……

10 亮晶晶的皮鞋是用漆皮做的，價格昂貴，襪帶是用來固定拉到腿上的長襪的，這樣的一套裝扮是高貴的象徵。

第四章
小鳥、學校和花朵

新家。新生活和簡單的希望。單純又純粹的希望。

搬家那天，我爬到阿里斯奇基斯先生和他的幫手中間，大剌剌地坐在騾車上。天氣有多熱，我的心情就有多快樂。

從泥土路轉上里約—聖保羅公路之後超神奇的，車子現在平順地滑行著。眞好。

一輛漂亮的汽車從我們旁邊開過去。

「那是葡萄牙人曼努耶爾．瓦拉達利斯的車。」

我們穿過阿索迪斯街的十字路口時，遠方的笛聲充滿了整個早晨。

「嘿！阿里斯奇基斯先生，曼加拉蒂巴特快車開過去了。」

「你是不是什麼都知道？」

「我知道它發出的聲音。」

公路上唯一的聲音是騾蹄叩嘍、叩嘍踩在地上的聲音。我注意到這輛騾車不是很新。恰恰相反。但它很牢固，也很便宜實惠。再搬兩趟，我們的破爛東西就都搬過去了。騾子看起來不是很壯，但我想說點好話。

「這輛車眞好，阿里斯奇基斯先生。」

「夠用的了。」

「那頭騾子也很好。牠叫什麼名字？」

「吉普賽。」

他沒心情閒聊。

「今天是我的大日子。我第一次坐車。而且，我看到曼努耶爾．瓦拉達利斯的車，還聽到曼加拉蒂巴特快車的笛聲。」

一片靜悄悄。什麼回應也沒有。

「阿里斯奇基斯先生，曼加拉蒂巴特快車是不是全巴西最重要的火車？」

「不是。它只是這條路線最重要的一班車。」

再怎麼找話題都沒用。大人有時眞難懂！

到新家的時候，我把鑰匙給他，盡量有禮貌地說：

「需要我幫忙嗎？先生。」

「你不要礙手礙腳就是幫忙。去玩你的。我們要回去的時候再叫你。」

我就去玩我的了。

「小拇指，從今以後，我們都會住得很近喔！我會幫你打扮得漂漂亮亮的，別的樹都比不上。你知道嗎？小拇指，我剛剛搭了一台又大又穩的騾車，感覺就像電影裡看到的那些馬車。聽著，不管有什麼新發現，我都會來告訴你。好嗎？」

我跑到水溝邊，看著髒水流過長得很高的雜草。

「那天我們說這條河要叫什麼來著？」

「亞馬遜。」

「對了。亞馬遜。下游一定有很多印第安野人的獨木舟，對吧？小拇指。」

「還用你說！一定的啊。」

我們才聊了兩句話，阿里斯奇基斯先生就把房子關好，過來叫我了。

「你是要留在這裡，還是要跟我們回去？」

「我要留在這裡。媽媽和姊姊現在一定在路上了。」

說完我就到處去查看這地方的每個小細節。

或許是害羞，或許是想給鄰居一個好印象，一開始我很乖。但有一天下午，我把那條黑絲襪塞得滿滿的，再用痲繩將它綑起來，剪掉大腳趾的趾尖，然後找來一條很長的風箏線，綁在本來是大腳趾的地方。如果我慢慢拉它，遠遠看起來就像一條蛇，在黑暗中看起來又更像了。

晚上，大家都在忙自己的事。新房子像是振奮了每個人的精神。家裡有一種久違了的愉快氣氛。

我悄悄等在大門邊。路燈昏暗地照著馬路，樹籬在角落投下陰影。工廠裡一定有人加班。他們加班很少超過八點，從來不會超過九點。我想了工廠一下。我不喜歡那裡。一早的悲傷鈴聲在傍晚五點聽來又更悲傷了。工廠是一條巨龍，每天早上把人吞進去，每天晚上再把累壞了的人吐出來。我不喜歡那裡，也因爲斯高菲德先生對爸爸做的事。

有個女人過來了。她手裡拿著手提包，胳肢窩夾著一把陽傘。你可以聽到她的高跟鞋踩在人行道上叩叩叩的聲音。

我跑去躲在門後，試了試綁在那條蛇身上的風箏線。它乖乖受我操控。太完美了。接著，我蹲到樹籬的陰影底下，風箏線纏在我的手指上。高跟鞋的聲音越來越近、越來越近，最後，咻！我拉拉那條線，絲襪蛇從馬路中央慢慢爬過去。

我沒料到接下來的事。女人大聲尖叫，驚動了整條街。她丟掉陽傘和手提包，抱著肚子叫個不停。

「救命啊！救命啊！有蛇！誰來救救我！」

整條街的門都打開了，我扔下所有東西，從房子的一邊衝進廚房，打開洗衣籃的蓋子爬進去，然後把蓋子拉過來蓋好。我的心臟嚇得砰砰直跳，女人還在叫個沒完。

「喔，天啊，我懷孕六個月了，我要失去我的寶寶了！」

我不只背脊一陣涼，整個人都發起抖來了。

鄰居帶她進屋，但啜泣和哀嘆還是不斷傳來。

「天啊、天啊，偏偏是蛇，我最怕的就是蛇了。」

「喝點菊花茶吧。好了、好了，冷靜一下。男人們打著燈籠照路，拿棍子和斧頭去找牠了。」

爲了區區一條絲襪蛇鬧得這麼大！但最糟糕的是，我的家人也跑去看發生什麼事。

珍珍、媽媽和拉拉都去了。

「那不是蛇，只是一條舊絲襪。」

驚慌之下，我忘記帶走那條「蛇」了。我完蛋了。

那條蛇連著一條線，而那條線連到我們家的院子。

三個熟悉的聲音不約而同說：

「是他！」

現在，她們要抓的不是蛇了。她們找了找床底。沒人。她們從我旁邊經過，我甚至不敢呼吸。她們到屋後去查看外面的廁所。

珍珍靈機一動。

「我知道他在哪裡了！」

她掀開洗衣籃的蓋子，揪著我的耳朵，把我拖出來，一路拖到飯廳。

媽媽這次打我打得很用力。她的夾腳拖咻咻咻劃破空氣。我不得不大聲叫出來，才不會那麼痛，她也才會住手。

「壞孩子！你都不知道懷孕六個月有多辛苦。」

拉拉挖苦地說：

「他可是忍了好一陣子才又開始了！」

「現在，給我上床去，你個小兔崽子。」

我摸著我的屁股離開，到床上趴了下來。

幸好爸爸出去打牌了。我在一片漆黑中趴著啜泣，想著睡一大覺是療傷最好的辦法了。

第二天，我很早就起床了。我有兩件大事要辦：首先，若無其事地到處看一看。如果那條蛇還在那裡，我就要把牠拿回來，藏在我的襯衫裡，以後還是可以用在別的地方。但牠不在那裡了。很難找到一條那麼像蛇的絲襪耶！

我轉身朝奶奶家走去。我得跟伊吉蒙督叔叔談談。

我知道對一個退休的人來講，現在這個時間還很早。我想趕在他去買樂透彩券（或者，照他的話說是「賭一把」）和買報紙之前逮住他。我猜得沒錯。他在客廳玩一種新的接龍遊戲。

「叔叔早！」

他沒回話。他假裝沒聽到。家裡人人都說他不想說話時就會裝聾。但對我可不會。事實上（我眞的很愛說「事實上」），他在我身邊從來沒有裝聾過。我拉拉他的袖子，跟往常一樣覺得他那黑白格紋的吊帶很好看。

「啊！是你啊……」

他假裝剛剛沒看到我。

「叔叔，這種接龍遊戲叫什麼？」

「這叫『時鐘接龍』。」

「眞漂亮。」

我已經認識一副牌裡所有的牌了，只是不太喜歡J牌上的人。不知道爲什麼，他們看起來都像國王的僕人。

「你知道嗎?叔叔，我特地過來跟你說一件事。」

「就快好了。等我玩完再聽你說。」

但他馬上就把牌收了起來。

「你贏了嗎?」

「沒有。」

他把牌疊成一小堆，放到一邊去。

「好啦，澤澤，如果是跟錢有關的事……」說到這裡，他搓搓手指，比出要錢的手勢。「那我準備好了。」

「你有沒有一托斯陶可以給我買彈珠?」

他笑了笑。

「說不定有喔。誰曉得呢?」

他正要伸手到口袋裡，但我阻止他。

「開玩笑的，叔叔，我不是來要錢的。」

「哦?那你找我能有什麼事?」

我看得出來他覺得我的「早熟」很有意思，尤其是在我自己學會認字之後。

「我想知道一件很重要的事。你知道怎麼唱歌不唱出來嗎？」

「什麼意思？我聽不懂。」

「就像這樣。」我唱了一句〈小房子〉的歌詞給他聽。

「可是你唱出來了啊，不是嗎？」

「是的，但事情是這樣的，我可以全部都在心裡唱，不要唱出來。」

我的意思就這麼簡單，他笑了出來，不確定我到底想說什麼。

「聽著，叔叔，小時候，我以爲我的心裡有一隻小鳥，是那隻小鳥在唱歌。」

「這樣啊，那很好啊，有那樣的一隻小鳥很好啊。」

「你不明白。我現在有點懷疑那隻鳥的事了。如果我一邊說話、一邊看見心裡在說的話呢？」

他明白了，我的疑惑惹得他哈哈大笑。

「我來告訴你那是怎麼一回事，澤澤，這代表你在長大。人在長大的時候呢，你說的『一邊說話、一邊看見心裡在說的話』，就是所謂的『思想』。有了思想，你就會來到我之前說的那個年紀。」

「理性的年紀？」

「你還記得啊，太好了。接下來會發生很奇妙的事情——思想越長越大，大到占據頭腦和心靈。到時候，我們的眼裡有思想，生活裡也到處都有思想。」

「好。這樣的話，那隻小鳥呢？」

「那隻小鳥是上帝造來幫忙小朋友的，小朋友不再需要的時候就還給上帝，上帝再把牠派給另一個像你這樣聰明的小男孩。這樣是不是很棒？」

我開心地笑了，因爲我有「思想」了。

「是很棒。那我走啦。」

「還要那一托斯陶嗎？」

「今天不要。我有事要忙。」

我沿街走回家，一路上思想來、思想去，但也思想起一件傷心事。托托卡養過一隻漂亮的文鳥。他幫牠換鳥食的時候，牠就乖乖蹲在他的手指上。他甚至可以開著鳥籠的門，牠都不會飛走。一天，托托卡把牠忘在大太陽底下，不小心把牠熱死了。我記得托托卡哭著把死掉的小鳥捧在手裡，又哭著舉起牠來貼在臉上說：

「我再也不會把小鳥關在鳥籠裡了。」

那時我跟他在一起。我說：

「我也不會，托托卡。」

回到家後，我直接去找小拇指。

「親愛的，我來這裡做一件事。」

「什麼事？」

「我們可以等一下嗎？」

「好。」

我坐下來，把頭靠在他的胸口。

「澤澤，我們在等什麼？」

「等一朵眞的很漂亮的雲從天空飄過。」

「爲什麼？」

「因爲我要放走我的小鳥。對，我要放牠走。我不再需要牠了。」

我們坐在那裡，望著天空。

「是這朵嗎？小拇指。」

很大的一朵雲慢慢飄過去，就像一片邊緣有撕痕的白色葉子。

「就是它了，小拇指。」

我站起來，解開襯衫的扣子，感覺小鳥離開我瘦巴巴的胸膛。

「飛吧，小鳥，飛高高，飛得很高很高，飛去蹲在上帝的手指上。上帝要帶你去找另一個小男孩。你要爲他唱好聽的歌，就像你總是爲我唱歌那樣。掰了！我親愛的小鳥！」

我感覺心裡有無邊的空虛。

「看！澤澤，牠蹲在那朵雲的手指上了。」

「我看到了。」

我把頭靠在小搱指的心窩，看著那朵雲飄走。

「我從來沒有對牠不好喔……」

我轉過頭，把臉埋在小搱指的臂彎裡。

「親愛的。」

「嗯？」

「哭是不對的嗎？」

「傻瓜，哭沒有對錯。問這幹麼？」

「不知道該怎麼說，我還不習慣，感覺我心裡的鳥籠也太空了點。」

葛洛莉雅很早就來叫我起床。

「我看看你的指甲。」

我給她看我的手，得到了她的認可。

「現在，換你的耳朵。嗯！澤澤……」

她帶我到洗臉台前，打濕毛巾，抹了肥皂上去，幫我把耳朵擦乾淨。

「老是搞得髒兮兮，你這樣還好意思說自己是阿平納杰戰士！去把鞋子穿上。我來找一套像樣的衣服給你。」

她打開抽屜翻了翻，又翻了翻，越翻就越找不到。我的褲子要麼有洞，要麼有補丁，要麼破破爛爛，要麼縫了又縫。

「你什麼都不用說，任何人只要看一下這個抽屜，就知道你有可怕。穿這條吧，至少沒有別條那麼糟。」

接著，葛洛莉雅就帶我踏上「求學」的新階段了。

接近學校時，我們看到一大群人牽著小孩來註冊。

「好了，不要一臉不開心，也不要忘東忘西，澤澤。」

我們在一個滿是小朋友的房間坐下，大家互相看來看去。輪到我們的時候，葛洛莉雅帶我走進校長室。

「這是妳的小弟嗎？」

「是的，校長，媽媽在城裡工作，沒辦法過來。」

她看了我好久。因爲她的眼鏡很厚，所以她的眼睛看起來又大又黑。好笑的是她跟男人一樣有鬍子，一定是因爲這樣，她才當上校長的。

「他不會太小了嗎？」

「以年齡來說是還小，但他已經會認字了。」

「小朋友，你幾歲啦？」

「報告校長，我二月二十六日就滿六歲了。」

「很好。我們來塡你的入學申請書吧。首先，你父母的名字。」

葛洛莉雅跟她說爸爸的名字，但說到媽媽的名字時，她只說「伊絲塔凡尼亞．吉．瓦斯康賽魯斯」。我忍不住糾正她說：

「是伊絲塔凡尼亞．阿平納杰．吉．瓦斯康賽魯斯。」

「什麼？」

葛洛莉雅有點臉紅。

「我少說了『阿平納杰』。媽媽的父母是原住民族。」

我覺得很神氣，因爲我一定是全校唯一一個冠上原住民姓氏的小孩。

接著，葛洛莉雅簽了一份文件，簽完後猶豫地停在那裡。

「還有別的事嗎？」

「我想了解一下制服的事……是這樣的，我們家很窮，爸爸失業了。」

校長請我轉一圈，目測一下我的尺寸。她也看到了我的補丁，東一塊、西一塊的補丁證明了我們家很窮。

她在一張紙上寫下數字，請我們進去找尤拉莉亞女士。

尤拉莉亞女士也很訝異我這麼瘦小，尺寸最小的制服還是大得把我淹沒。

「這就是最小號的，但還是太大了，這孩子還眞小！」

「我可以把它改短一點。」

她給了我們兩件制服，我們就離開了。我對我的禮物很滿意，忍不住想像小拇指看到我穿新制服的表情。

事。

日子一天天過去，我把學校的一切都告訴他。那裡是什麼樣子、發生了什麼

「有一個很大的鐘，但不像教堂的鐘那麼大。你知道教堂的鐘吧？鐘響之後，全部的人都到廣場，找自己的老師在哪裡。她叫我們四個人排成一排，大家就像小羊一樣走進教室。我們全都坐在課桌前，課桌有個蓋子可以打開再關上，我們把自己的東西收進桌子裡。我要學幾首巴西的國歌，因爲老師說要當一個『愛國的好國民』就要知道我們國家的國歌。學會了我就唱給你聽，好嗎？小拇指。」

隨之而來的是一個新世界，充滿了新事物和新發現。

「同學，妳拿著花要去哪裡？」

這位女同學乾乾淨淨的，頭髮綁成辮子，她的課本還有好看的書套。

「拿去給我的老師。」

「爲什麼？」

「因爲她喜歡花。而且，好學生都該送花給老師。」

「男生也可以嗎？」

「如果你喜歡你的老師就可以。」

「眞的嗎？」

「眞的。」

沒人送過半朵花給我的老師西西利亞・帕伊，一定是因爲帕伊老師長得很醜。要不是她的一隻眼睛有個小斑點，她看起來也不會那麼醜。但只有她偶爾會在下課時間給我一托斯陶，讓我去買麵包吃。

我開始偷看其他教室裡的書桌，發現每個老師桌上的玻璃杯裡都有花，只有我的老師從來都沒有。

最大的冒險是另一件事。

「你猜怎麼樣？小拇指，今天我玩了騎小豬。」

「你騎在小豬背上嗎？」

「不是啦，傻瓜。車屁股上不是都會掛一個備胎嗎？有車子慢慢開過學校的時候，你抓住那個備胎跳到車背上，當作騎小豬兜個風。車子要轉上另一條街的時候，都會慢下來看看有沒有別的車過來，你就趁這個時候跳車。但是要很小心，因爲你如果在車子開很快的時候跳下去，屁股就會啪一聲摔在地上，手也會摔斷。」

我會跟他滔滔不絕地說著教室裡和操場上發生的一切。當我告訴他帕伊老師說我最會讀書時，你得看看他爲我驕傲成什麼樣子。我是最棒的「讀書人」。對於這一點，我自己倒是不太確定，心想一有機會就去問問伊吉蒙督叔叔我眞的是個「讀書人」嗎。

「但是騎小豬的感覺呢，小拇指，讓你了解一下，那種感覺差不多就跟騎在你的樹枝上一樣美妙。」

「但騎在我的樹枝上不會有危險。」

「是嗎？去西部平原獵牛[1]那次呢？你發了瘋地狂奔，你忘了嗎？」

他不得不承認，因爲他不知道要怎麼樣才能吵贏我。

「可是有一輛車……小拇指，有一輛車沒人敢去騎小豬。知道是哪一輛嗎？就是那個葡萄牙大胖子曼努耶爾·瓦拉達利斯的車。這名字是不是很難聽？『曼努耶爾·瓦拉達利斯』……」

「是很難聽。但我在想別的事情。」

「你以爲我不知道你在想什麼嗎？嗯哼，我知道喔！但現在還不要，我再多練習一點，等我練好了，再來試試能不能騎上他那輛車。」

上學的日子過得很愉快。一天早上，我帶了花去送給帕伊老師。她很感動，說我是個紳士。

「小拇指，你知道紳士是什麼嗎？」

「就是很有禮貌的人，像王子那樣。」

每天我都越來越愛上課，也更加用功學習。學校從沒向家裡告過我的狀。葛洛莉雅說我把惡魔乾爹鎖進抽屜，變成一個乖小孩了。

「小拇指，你覺得眞是這樣嗎？」

「呃……是吧。」

「『呃……是吧』？我本來要跟你說個祕密，但現在我不想說了。」

我氣呼呼地走掉了。但他不怎麼擔心，因爲我總是氣不久。

就在今晚，我要執行我的祕密計畫。我緊張到心臟都要跳出來了。工廠的鈴聲過了好久才響，過了好久才有人經過。夏天要很晚才天黑，甚至都沒有晚餐時間。我在門口守著，腦袋裡完全沒有絲襪蛇之類的鬼主意，只是坐在那裡等媽媽。就連珍珍都覺得奇怪，問我是不是肚子痛，因為我吃了還沒熟的水果。

媽媽的身影出現在街角。是她沒錯！全世界獨一無二的她。我跳起來跑過去。

「晚安，媽媽。」我親親她的手說。

就算街上很暗，我都看得出來她很累。

「媽媽，妳今天做了很多工作嗎？」

「是啊，兒子。廠裡很熱，熱到織布機前的每個人都受不了。」

「把妳的包包給我吧。妳累了。」

我接過她那裝著便當空盒的包包。

「你今天是不是很皮啊？」

「只有一點皮，媽媽。」

「那你為什麼特地來門口等我啊？」

她試著要猜。

「媽媽，妳只有一點點愛我嗎？」

「我愛你就跟愛其他的孩子一樣多。怎麼這麼問？」

「媽媽，還記得納吉努嗎？就是河馬大嬸的那個姪子？」

她笑了出來。

「記得啊。」

「他的媽媽之前做了一套很漂亮的西裝給他，是綠色的，有白色的條紋，還有一件扣子可以扣到脖子的背心。但他長大穿不下了，而且他沒有弟弟可以接著穿，所以他想把它賣了。妳可以買下來嗎？」

「喔，孩子！日子已經很難過了！」

「但他說可以『分期付款』，分成兩次付清，而且他賣得也不貴，甚至不夠『製作成本』呢！」

放高利貸的賈柯是這麼說的，我只是把他說的話再說一遍。

她默默地心算著。

「媽媽，我是班上最用功的學生了，老師說我會得『優』。拜託妳買給我吧，媽媽，我已經好久都沒穿新衣服了……」

她的沉默令我不安。

「聽著，媽媽，妳如果不買，我就永遠也不會有詩人服了。拉拉那裡有一塊絲綢，她可以幫我做一個像這樣的大蝴蝶領結……」

「好吧，兒子。我會加班一星期，買那套西裝給你。」

我親親她的手，把我的臉貼在她的手上跟她一起走，直到我們來到屋裡。

我就是這樣得到我的詩人服的。我看起來時髦得不得了，伊吉蒙督叔叔還特地帶我去拍了張照。

學校。花。花。學校……

一切本來都很順利，直到古多費多到我們的教室來。他說了聲不好意思，請求跟帕伊老師說幾句話。我只知道他指了指玻璃杯裡的花。他離開後，她難過地看著我。

下課後，她把我叫過去。

「我想跟你談談，澤澤，一下就好。」

她在她的皮包裡翻了老半天。我看得出來，她不是真的在找東西。她在找的是勇氣，因爲她不知道怎麼跟我說。最後，她下定決心了。

「古多費多跟我說了你做的一件壞事，澤澤，眞有這回事嗎？」

我點頭。

「是關於花的事情嗎？是眞的，老師。」

「那你到底做了什麼呢？」

「我每天很早起來，經過塞爾吉努的前院時，大門如果沒有全部關上，我就溜進去偷一朵花。但他們有好多花，少一朵也沒差。」

「是。但那是不對的，你不可以再這樣了。雖然不嚴重，但還是一種偷竊的行爲。」

「才不是。帕伊老師，這世界不是上帝的嗎？世上的一切不都是上帝的嗎？那麼，這些花也是上帝的……」

我的邏輯令她訝異。

「只有這個辦法，老師。我家沒有花園。買花要錢……我又不想看到妳桌上的玻璃杯總是空空的。」

她吞了一口口水。

「妳不是偶爾會給我錢去買麵包嗎？」

「我可以每天都給你麵包錢，但你消失……」

「我不能每天都拿妳的錢……」

「爲什麼不行呢？」

「因爲還有其他窮孩子沒帶東西來吃。」

她從包包裡掏出一條手帕，悄悄擦著她的眼角。

「妳沒看到小貓頭鷹嗎？」

「誰是小貓頭鷹？」

「皮膚很黑的那個小女生，個子跟我差不多，她媽媽都把她的頭髮梳得很高，在頭頂綁兩顆小丸子。」

「喔，我知道了，你說的是朵洛蒂莉亞。」

「是的，老師，朵洛蒂莉亞比我還窮呢！其他女生都不喜歡跟她玩，因爲她又黑又窮，所以她老是自己待在角落裡。我都跟她分妳給我錢買的麵包。」

這下子，帕伊老師站在那裡，用手帕摀住鼻子，摀了好久都不放下。

「有時候，妳可以把錢給她，不用給我。她的媽媽是洗衣婦，而且生了十一個小孩，年紀都還小。奶奶每星期六給他們一些米和豆子，幫他們一點忙。我跟她分我的麵包，因爲媽媽說我們擁有的就算只有一點點，也要跟擁有的更少的人分享。」

現在，眼淚沿著她的臉頰滾下來了。

「我不想惹妳哭。我保證再也不偷花了，而且我會更用功讀書。」

「我不是哭這個，澤澤，來。」

她抓住我的手。

「我要你答應一件事，因爲你有一顆善良的心，澤澤。」

「好，我答應妳。但我可不想讓妳誤會了，我沒有一顆善良的心。妳會這麼說都是因爲妳不知道我在家裡是什麼樣子。」

「那不重要。在我心目中，你就是個好孩子。從今以後，我再也不要你送花給我了，除非是有人給你的。好嗎？」

「好。但玻璃杯怎麼辦？它以後都要空著嗎？」

「這個玻璃杯一點兒也不空，每當我看著它，我就會看到世界上最美麗的一朵花。而且，我會在心裡想著：這朵花是我最好的學生送的。好嗎？」

現在，她笑了。她放開我的手，溫柔地說：

「好了，你走吧，金子心[2]……」

---

1 譯註：此指美國西部。美國西部平原本來是印第安人的土地，也是野牛自由生長的樂園，直到十九世紀馴牛養牛的技術日益精進，從而衍生出西部牛仔的專門職業。澤澤想像自己像西部牛仔一樣騎在馬背上趕牛。

2 金子心（coração de ouro）是一種比喻，意指心地很好的人。

第一部的最後一章

「祝你死在牢裡。」

在學校，我們學到的第一件有用的東西，就是一星期有哪幾天。一學會之後，我就知道「他」是在星期二過來。接著，我也發現他會在一個星期二到車站另一邊的街巷、下一個星期二到我們這邊來。

這就是爲什麼我在那個星期二翹課了。我不想讓托托卡知道，不然我就得給他彈珠，拜託他不要跟家裡的人講。因爲時間還很早，「他」要到教堂鐘響九下才會來，所以我就在街上晃來晃去。當然，是在不危險的街上。我先在教堂停下，看了看那些聖人像。看著一動不動、被蠟燭包圍的雕像，我覺得有點可怕。蠟燭一閃一閃的，聖人也跟著一閃一閃的。我不確定當個聖人好不好，他們一天到晚都得一動不動站在那裡。

我晃到聖器收藏室，扎卡里亞斯先生正把燭台上的舊蠟燭拔下來換上新的。桌上有一堆燒剩下的蠟燭。

「早安，扎卡里亞斯先生。」

他停下來，把眼鏡挪到鼻尖，吸了吸鼻子，轉過身來回了一句：

「早啊，孩子。」

「要不要我幫你忙呢？」

我目不轉睛地看著那些燒剩下的蠟燭。

「除非你想幫倒忙。今天不用上學嗎？」他說完就轉身繼續忙了。

「要啊。但老師沒來。她牙痛。」

「喔！」

他又轉過來，又把眼鏡挪到鼻尖。

「孩子，你幾歲啦？」

「五歲，不對。六歲，不對。我五歲。」

「到底是五歲還六歲？」

我想了想上學的事，決定說謊。

「六歲。」

「那好，六歲是開始上教義問答課的好年紀。」

「我可以上嗎？」

「爲什麼不可以？你只要每星期四下午三點過來就好了。想來嗎？」

「看情況吧。如果你把燒剩下的蠟燭給我，我就來。」

「你要燒過的蠟燭做什麼？」

惡魔乾爹推了我一把。我又說了一個謊話。

「我要幫我的風箏[1]上蠟，好讓它結實一點。」

「那你拿去吧。」

我把殘餘的蠟燭收集起來，塞進我裝課本和彈珠的書包裡，興奮得快要飛上天了。

「太感謝你了，扎卡里亞斯先生。」

「聽著，星期四，別忘了。」

我衝了出去。現在還早，時間還夠。我急忙跑到賭場前面，趁沒有車的時候穿過馬路，用最快的速度把蠟抹在人行道上，抹好了就又跑回去。賭場的四扇大門都關起來了，我在其中一扇門外的人行道上坐下，隔著一段距離，等著看第一個滑倒的會是誰。

就在我等到想放棄時，突然傳來「砰」的一聲，我的心臟跳了一下。是娜札澤娜的媽媽柯立亞太太，她手裡拿著一條手帕和一本書，走出家門要去教堂。

「天啊，不會吧……」

偏偏不是別人，偏偏是柯立亞太太——她是媽媽的朋友，而娜札澤娜是葛洛莉雅的好朋友。我不想看了。我衝到街角，不再看下去。她一屁股跌坐在地，嘴裡罵個不停。

大家圍過來看她有沒有受傷，但看她那副罵罵咧咧的氣勢，想必只有一點擦傷而已。

「一定是那些小混混。」

我鬆了口氣，但可沒鬆懈到沒發覺有隻手抓住了我的書包。

「是你的傑作嗎？澤澤？」

偏偏不是別人，偏偏是火焰頭奧蘭多先生。他跟我們當了好多年的鄰居。我說不出話來。

「是或不是？」

「答應我不要告訴爸爸媽媽？」

「我不會說。但你聽著，澤澤，這次就饒了你，因為那女的是個長舌婦。但以後別再這麼做了，因為你可能會害人摔斷腿。」

我擺出全天下最聽話的表情，他就放我走了。

我回市場去等「他」的到來。但在那之前，我先在胡森柏格先生的麵包店停下，笑著跟他說：

「早安，胡森柏格先生。」

他只是冷回一聲早安，沒請我吃小點心。

可惡的傢伙！只有我跟拉拉在一起的時候，他才會給我小點心。

「他來了！」

鐘敲了九下。他像往常一樣按時出現了。我遠遠跟著他。他轉上進步街，停在街角，把包包放在地上，把外套甩到左肩上。真好看的格子襯衫！我心想，等我長大了，我就只穿那樣的襯衫。他的脖子上綁了一條紅領巾，帽子往後斜戴。接著，他低沉的嗓音發出宏亮的喊聲，整條街的氣氛一下子熱鬧起來。

「來喔！各位鄉親父老、兄弟姊妹，來看新鮮貨唷！」

他的巴伊亞[2]口音也很迷人。

「本週熱門金曲。〈克勞迪諾〉〈抱歉！〉……奇可．維歐拉[3]的新歌，文森齊．薩拉斯奇諾[4]的暢銷新曲。時下最夯，快來看喔！」

他那唱歌般的說話方式令我著迷。

我想聽他唱「芬妮」的部分。他總是唱那一段，我想學起來。唱到那裡的時候，有一句是「祝你死在牢裡」，這一句好聽到我都起雞皮疙瘩了。

他吸飽了氣，唱起〈克勞迪諾〉[5]。

我去貧民窟跳森巴

女孩看著我說：嘿！大個子

但我沒有靠過去

沒有滿足我的慾望

她老公很壯，我說不定會沒命……

我不願像克勞迪諾那樣

爲了養家去當碼頭工人……

唱到這裡，他會停下來大聲宣傳說：

「探戈新曲。六十首新歌的歌詞本，一本一托斯陶到四托斯陶不等，各種價格任君挑選！」

接著，他就會唱到我在等的那一段。芬妮。

一天她在忙家事

他在緊閉的門後刺死了她

說她水性楊花……

（接下來，他的聲音會變得很甜很柔，最堅硬的心都會融化。）

可憐啊可憐，好心腸的芬妮

我對天發誓
你也不會有好下場
祝你死在牢裡

說她水性楊花
毫不留情刺死了她
可憐啊可憐，好心腸的芬妮

大家會從屋子裡出來買歌詞本，但在掏錢之前會先研究清楚，挑自己喜歡的才買。到了這時，因爲芬妮的緣故，我忍不住一直跟著他。

他轉過來對著我，露出大大的笑容。

「孩子，想買一本嗎？」

「不了，先生。我沒錢。」

「看得出來。」

他拿起他的包包，沿街往前走了一點，邊走邊喊：

「華爾滋舞曲〈抱歉！〉、〈抽個菸吧，我等著〉和〈掰掰男孩〉[6]。比〈國王之夜〉還更流行的探戈舞曲。城裡人人都在唱〈天上的光〉，眞是一首好歌，聽聽歌詞吧！」

他唱了起來：

你眼裡的光是天上的光
我相信自己看到了
星座裡群星的閃耀
你眼裡有滿滿的誘惑
望進我眼底
看看月光在我心裡點燃的愛火
看看愛是何等的悽苦……

他又大聲宣傳了幾句，又賣了幾份歌詞本出去，又注意到我還在旁邊。他停下來，勾勾手指，叫我過去。
「過來，阿皮[7]。」
我笑咪咪地聽話照做。
「你能不能別再跟著我了？」
「不能，先生。全世界沒有人像你唱歌這麼好聽。」
他被哄得很高興，有點卸下了心防。看來我有進展了。
「但我不能走到哪都讓你跟著啊。」
「我只是想看看你會不會唱得比文森齊．薩拉斯奇諾和奇可．維歐拉還好，結果你眞的唱得比他們好！」
他咧開了嘴，露出燦爛的笑容。
「阿皮，你聽過他們唱歌嗎？」
「聽過啊，先生，在阿道科托．魯斯醫生家，和他兒子一起用留聲機[8]聽的。」
「那他家的留聲機一定很舊了，不然就是唱針斷掉了。」
「並沒有，先生，那是一台全新的留聲機，剛送到的。你唱的好一百倍，眞的。」
事實上，我有個想法。」

「什麼想法？」

「你到哪裡我都跟著，你教我每份歌詞本要賣多少錢。你唱歌、我賣歌詞本。大家都喜歡跟小朋友買東西。」

「這主意不錯嘛，阿皮，但有一件事，我得先說清楚。你是自願來的，我可不付你半毛錢。」

「但我半毛錢也不要。」

「爲什麼？」

「喔，我真的很喜歡唱歌。我想學唱歌。而且，芬妮那首歌，我覺得是全天下最好聽的歌了。這樣吧，如果最後你賣出很多歌詞本，你可以給我一份沒人要買的舊歌詞本，讓我送給我姊姊。」

他摘下帽子，抓抓被帽子壓扁的頭髮。

「我有個姊姊叫葛洛莉雅，我想送給她，就這樣。」

「那好吧。」

於是，我們就合作起來了。他唱他的、我賣我的。他一邊唱，我一邊學。

到了中午，他有點懷疑地看著我。

「你不回家吃午餐嗎？」

「等我們工作做完再說。」

他又抓了抓頭髮。

「跟我來吧。」

我們在西里斯街上的一間酒吧坐下，他從他的包包底部拿出一個很大的三明治，又從他的腰帶抽了一把刀子出來。

看起來很嚇人的一把刀。他切下一塊三明治給我。接著，他喝了一小口甘蔗酒[9]，點了兩杯檸檬水。他一邊吃三明治，一邊用眼睛打量著我。他的眼神看起來非常滿意。

「你知道嗎？阿皮，你眞是我的幸運星。我自己家裡有一堆胖小子，卻從沒想過叫他們來幫忙。」

他長長地喝了一大口檸檬水。

「你幾歲了？」

「五歲。六歲……五歲。」

「五歲還是六歲？」

「我還沒滿六歲。」

「這樣啊，那你可眞是一個聰明的好孩子。」

「意思是我們下星期二還能見面嗎？」

他哈哈大笑。

「如果你想的話。」

「我想！但我得跟我姊姊商量一下。她會明白的。事實上，這樣很好，因爲我從沒去過鐵軌另一邊。」

「你怎麼知道我會到那邊去？」

「先生，我每星期二都等你來。這個星期二你過來，下個星期二你就不過來了。所以，我猜你是到鐵軌另一邊去了。」

「聰明的孩子！你叫什麼名字？」

「澤澤。」

「我叫阿里奧瓦多。握個手吧。」

他伸出兩隻粗糙長繭的手，將我的手握在他手裡。從今以後，我們就是朋友了。

要說服葛洛莉雅並不難。

「可是，澤澤，每星期一次？那上學怎麼辦？」

我給她看我的筆記本，每個字都寫得整齊又端正。我的分數很高。數學課本也一樣。

「還有閱讀課，我是最棒的。」

就算這樣，她還是不確定。

「我們接下來六個月學的還是現在學的東西，一樣的東西學了一遍又一遍。那些呆頭鵝要學好久才能學會。」

她笑了出來。

「澤澤，怎麼這樣說話！」

「眞的是這樣，葛洛莉雅，我從唱歌學到的更多。想看看我學到多少新東西嗎？『碼頭工人』、『星座』、『誘惑』和『悽苦』，伊吉蒙督叔叔後來跟我解釋了意思。最棒的是，我每星期都會帶一份歌詞本給妳，教妳全天下最好聽的歌。」

「好，但還有一件事。爸爸如果發現你每星期二都沒回家吃午飯，我們怎麼跟他說？」

「他不會發現的。但萬一他問起來，我們就說謊啊。妳就說我去奶奶家吃飯了，不然也可以說我去幫忙傳話給娜札澤娜，留在她家吃飯了。」

我的老天爺，還好只是假裝的。我哪敢去娜札澤娜家？要是她媽媽柯立亞太太發現我做了什麼，那還得了！

葛洛莉雅最後答應了，因爲她知道這可以防止我去惡作劇，也就可以讓我少挨一點揍。而且，每星期三和她一起坐在樹下、教她唱歌，多好啊！

我等不及星期二的到來了。我會到火車站等阿里奧瓦多先生。他只要沒錯過火車，就會在八點半準時出現。

我會晃來晃去、東看西看。我喜歡去甜點店看人從火車站的樓梯走下來。那裡是擦鞋的好地方，但葛洛莉雅不讓我在那邊做生意，因爲警察會來趕我們，還會沒收我們的擦鞋箱，而且那裡有火車。如果阿里奧瓦多先生牽著我，我才能穿過鐵軌到另一邊去，就算是走天橋也一樣。

等著等著，他急急忙忙地來了。從那首關於芬妮的歌之後，他堅信我知道客人喜歡買什麼。

我們會坐在火車站的牆頭上，對面就是工廠的花園。他會打開歌詞本給我看，唱第一段給我聽。如果我覺得不好，他就再找另一首。

「這首是新的：〈寵壞〉。」

他唱了出來。

「再唱一次。」

他把最後一段再唱一次。

「就這首，阿里奧瓦多先生，加上芬妮那首和探戈舞曲；一定賣光光！」

接下來，我們就會穿過陽光普照、塵土飛揚的大街小巷。我們是歡樂的鳥兒，爲大家帶來夏天的消息。他那悅耳的大嗓門爲早晨拉開序幕。「週冠軍、月冠軍、年度暢銷金曲，奇可．維歐拉的〈寵壞〉。」

滿月在翠綠的山頭投下銀光
窗外的情郎撥動牢固的琴弦
向窗口送去他的愛

在靈巧的撥弄與彈奏下
甜美的衷曲輕輕迴盪
唱歌的人聽從相思的心
打開了愛的閘門……

唱到這裡，他會暫停一下，點兩下頭，我純淨的小嗓音就插進來唱：

沒有更美的景象了
妳是我的光，妳是我的女王
如果可以由我作主，妳永遠也不必吃苦
聰明的女孩，我會把妳寵壞

這時女孩子們就會跑來買，場面好不壯觀！男女老幼、高矮胖瘦的客人都來了。

我最愛賣一份四托斯陶和五托斯陶的歌詞本。如果來的是個女客人，我知道要怎麼做。

「小姐，這是找給妳的錢。」

「你留著買糖吃吧。」

我講話甚至越來越像阿里奧瓦多先生了。

中午，我們會走進我們看到的第一家小酒館，然後拿出他的三明治大吃特吃、吃個精光，有時配橘子汽水，有時配黑加侖汽水。

接著，我會把手伸進零錢袋，將零錢攤開在桌上。

「喏，阿里奧瓦多先生。」

我會把錢幣朝他推過去，而他會笑笑說：

「澤澤，你是個好孩子。」

有一天，我問他：

「阿里奧瓦多先生，你之前爲什麼叫我阿皮呢？」

「呃……在我的故鄉巴伊亞，阿皮的意思是小朋友、小孩子。」

他抓抓頭，遮住嘴巴打了一個大嗝。接著，他說了聲不好意思，用牙籤剔起牙齒來了。錢還是留在桌上。

「澤澤，我一直在想，以後你就把小費留著吧。畢竟我們現在是二重唱的夥伴了。」

「二重唱是什麼？」

「就是兩個人一搭一唱。」

「那我可以買糖吃嗎？」

「那是你的錢。你想怎麼花就怎麼花。」

「謝啦，夥伴。」

我學他說話的樣子把他給逗笑了。現在，我吃著點心，看著他。

「我們眞的是二重唱？」

「現在是了。」

「那就讓我唱好心腸的芬妮那一句。你大聲唱，唱到好心腸那裡，我再用全天下最甜美的聲音加入一起唱。」

「這主意不錯嘛，澤澤。」

「那我們午餐之後就從芬妮開始吧，因爲她眞的是我們的幸運星！」

於是，在熱辣辣的太陽下，我們又回去工作了。

芬妮才唱到一半，厄運就降臨了。

瑪莉亞．達．琵雅夫人撐著陽傘走過來，一副端莊優雅的模樣，臉上抹粉抹得白白的。她停下腳步，站在那裡聽我們唱歌。阿里奧瓦多先生有不詳的預感，輪到我唱的時候，他蹭了蹭我，要我走開。

但我陶醉在芬妮的好心腸裡，沒注意到他給我的暗號。

瑪莉亞．達．琵雅夫人收起她的陽傘，還是站在那裡，用陽傘敲著她的鞋尖。我唱完之後，她就生氣地皺著眉頭，大聲說：

「好啊！好啊！小孩子唱這種傷風敗俗的歌！」

「夫人，我的工作沒什麼傷風敗俗的。職業無貴賤，我沒什麼好羞愧的！」

我從沒看過阿里奧瓦多先生這麼生氣。琵雅夫人想找人吵架，這下她有得吵了。

「這孩子是你兒子？」

「不是，夫人，可惜不是。」

「你外甥？你親戚？」

「都不是。」

「他幾歲了？」

「六歲。」

她一臉懷疑地打量我，接著說：

「剝削童工，你不羞愧？」

「我沒有剝削他，夫人，他跟我一起唱是因爲他想唱、愛唱。何況我付錢給他了，不是嗎？」

我點點頭。看他們吵架眞過癮。我想用頭撞她肚子，聽聽她摔倒在地的聲音。砰！

「哼！讓你知道一下，我一定會採取行動。我要跟牧師說。我要去找兒童福利局。我要報警！」

緊接著，她啪一聲閉上了嘴，害怕得睜大了眼睛。阿里奧瓦多抽出他的大刀，朝她走過去一步。她看起來像是要開始撒潑胡鬧了。

「好啊好啊妳去啊，但妳最好跑快點。我是個好人，但碰到了愛管閒事的長舌婦，我很樂意把她的舌頭割下來……」

她跌跌撞撞地走了，身體僵得像一根掃把。走遠之後，她才轉過來，用她的陽傘指著我們說：

「等著瞧！」

「滾！滾回妳的妖怪村，老巫婆！」

她打開她的陽傘，消失在街道另一頭，動作僵得不能再僵。

傍晚，阿里奧瓦多先生算了算我們賺了多少錢。

「全都賣光了，澤澤，聽你的準沒錯，你帶來了好運氣。」

我想起瑪莉亞．達．琵雅夫人。

「你覺得她會不會做出什麼事？」

「當然不會，澤澤，她頂多只會跟牧師講，而牧師會勸她說：『算了吧，瑪莉亞，別去惹那些北方佬。』」

他把錢收進口袋、捲起他的包包，然後像往常一樣，把手伸進口袋，抽出一份折起來的歌詞本。

「這是給妳姊姊葛洛莉雅的。」
他伸伸懶腰，又說：
「今天可眞精彩啊！」
我們休息了一下。
「阿里奧瓦多。」
「怎麼了？」
「妖怪村在哪裡？」
「我哪知道。孩子，那是我氣昏頭亂說的。」
他咯咯笑了一聲。
「那你眞的要捅她一刀嗎？」
「當然沒有。嚇嚇她而已。」
「你如果捅她一刀，會有腸子或稻草掉出來嗎？」
他哈哈大笑，和藹地摸了摸我的頭髮。
「你知道嗎？澤澤，我覺得會有屎掉出來。」
我們一起哈哈大笑。

「但是你別怕，我什麼也不敢殺，連殺雞都不敢。你都不知道我怕老婆怕成什麼樣。我甚至讓她用掃把打我。」

我們站起來，朝火車站走去。他握了握我的手，說：

「保險起見，接下來幾星期，我們先避開那條路。」

他更用力地握了我的手一下。

「下星期見，夥伴。」

我點點頭，他慢慢爬上樓梯。

他從樓梯最上面對我喊：

「澤澤，你是天使！」

我說了聲再見，忍不住笑了出來。

天使？他要是知道……

1 在巴西各地，「風箏」一詞有不同的說法，在里約熱內盧和西南部地區稱風箏為「pipa」，在南大河州則稱之為「pandorga」。此外因為風箏狀似魟魚，也有 raia 和 arraia 等暱稱，皆為魟魚之意。

2 譯註：巴伊亞（Bahia）為巴西東北部一州。

3 Chico Viola（1898-1952），本名 Francisco Alves，被譽為美聲天王（O Rei da Voz），巴西著名流行歌手。

4 Vicente Celestino（1894-1968），巴西著名歌手和作曲人，是那個年代的「巴流」（MPB，全稱 Música Popular Brasileiro，即巴西流行樂）明星。

5 "Claudionor"，這首歌的歌名其實是 Morro do Mangueira，於一九二八年發行。

6 "Adeus, rapazes"，原歌名"Adiós Muchachos"，為阿根廷作曲家 Argentine Julio César Sanders 於一九二七年所作的歌曲，巴西歌手奇可．維歐拉於次年錄製成唱片。

7 阿皮（pinéu）是罵人的話，意指神經病。巴西里約熱內盧有一間以現代精神醫學之父皮內爾（Philippe Pinel, 1745-1826）為名的「皮內爾療養院」（Instituto Pinel），專門收治精神病患，因此衍生出用「阿皮」罵人神經病的說法。

8 留聲機（vitrola）是用來播放黑膠唱片的設備。

9 譯註：甘蔗酒（cachaça）或音譯為卡夏沙，為巴西特產，有巴西國民酒之稱。

第二部

當耶穌寶寶悲傷現身

第一章

騎小豬

「快！快！澤澤，上學要遲到了！」

我坐在餐桌前，不慌不忙地喝咖啡、吃麵包，像平常一樣把手肘靠在桌上，望著牆上掛的月曆發呆。

葛洛莉雅老是又急又慌，一早就等不及趕我們出門，好讓她安安靜靜做家事。

「動起來啊！小兔崽子，連頭髮都還沒梳！也不學學托托卡，他總是準時準備好。」

她一把抓來梳子，梳了梳我金色的劉海。

「倒也不是說這麼點頭髮有什麼好梳的。」

她讓我站好，上上下下打量了一番，看我的衣服、褲子是不是都穿好了。

「走吧，澤澤。」

托托卡和我把書包甩到肩上，裡面只有課本、筆記本和鉛筆，沒有點心——別的小朋友才帶點心。

葛洛莉雅拍拍我的書包底下，感覺到沉甸甸的彈珠，笑了一笑。我們把球鞋拎在手裡，等走到靠近學校的市場再穿上。

我們一出門，托托卡就往前衝，丟下我一個人慢慢走。這時，我心裡的小惡魔就會醒過來。我其實滿喜歡托托卡自己跑掉的，這樣我就可以安安靜靜做我的事。我看公路看得入迷。騎、小、豬。

公路眞是騎小豬的好地方。抱住車屁股，感覺公路上的風迎面吹來，咻咻咻！呼呼呼！眞是天底下最棒的一件事。我們都騎過。托托卡教過我，他說了一遍又一遍，叫我一定要抓緊，因爲後面的車子很危險。我們慢慢學會克服恐懼，冒險的感覺刺激我們去挑戰難度更高的「小豬」。我後來膽子大到連拉吉斯羅先生的車都騎上去了，唯一還沒騎過的一輛就是那個葡萄牙人的漂亮汽車。眞是一輛保養得很好的美車，輪胎總是那麼新，鋼圈亮得你能看見自己的倒影。我也喜歡它的喇叭聲，那低沉的哞哞聲就像田裡的牛在叫。葡萄牙人威風地駕著這台美車開過去的時候，總是直挺挺地坐在駕駛座上，緊緊皺著眉頭。沒人敢抱住他的汽車備胎騎小豬。大家都說他不只打打殺殺，還會在殺人之前威脅要剁掉你的蛋蛋。學校裡的男孩子都不敢碰他的車，直到現在。

有一次，我跟小拇指聊到這件事，他說：

「澤澤，完全沒有一個人敢碰嗎？」

「一個也沒有。大家都不敢。」

我感覺小拇指在笑，而且他知道我在想什麼。

「但你很想試試，對吧？」

「坦白說，我是很想。我在想……」

「你在想什麼？」

現在換我笑了。

「說嘛！告訴我嘛！」

「你很愛打聽欸。」

「你反正都會跟我說。賣關子賣到最後，你都會說出來。你根本忍不住。」

「聽著，小拇指，我每天早上七點去上學，對吧？我走到那個轉角的時候是七點五分。然後，七點十分的時候，那個葡萄牙人會把車子停在苦命人酒吧外面，進去買包菸……總有一天，我要鼓起勇氣，等他回到車子裡，我就撲上去！」

「你不敢。」

「我不敢嗎？小拇指，你等著瞧。」

現在，我的心臟怦怦跳。那輛車停下來了，葡萄牙人下車了。小拇指的挑釁勾起我的恐懼，卻也激起我的勇氣。我不想貿然行動，但小小的虛榮感令我加快了腳步。我繞過酒吧，躲在轉角後面，把我的鞋子塞到書包裡。我的心臟狂跳，真怕店裡的人都聽得到我的心跳聲。葡萄牙人重新出來了，甚至都沒注意到我。我聽到車門打開……

「小拇指，要就趁現在！」我小小聲說。

我跳上掛在車屁股的備胎，用盡全力抱緊緊，心裡怕得不得了。我知道去學校的路還很遠。我已經可以想像同學們看到我的英勇表現時的表情……

「啊!!」

我叫得超大聲，大家都衝到店門口來看是誰被車撞了。

我兩腳懸在半空中，扭來扭去地掙扎，耳朵像燒紅的炭又熱又燙。不知怎麼回事，我的計畫出了差錯，都怪我一急就忘了要聽引擎發動的聲音再行動。

葡萄牙人的眉頭皺得比平常更深了。他的眼裡噴出火花。

「好啊，好啊，小雜碎，就是你吧？小小年紀，膽子還眞大！」

他放開我一邊的耳朵，讓我雙腳著地，接著舉起他粗壯的手臂嚇唬我。

「你以為我沒看到你每天盯著我的車嗎？小雜碎，我看你還敢不敢亂來。」

當眾丟臉的感覺比皮肉痛還更痛。我只想對著這個老雜碎飆三字經。

但他還沒有要放過我，而且，他像是看穿了我的心思，握起拳頭對著我的臉咆哮：

「說話啊！小雜碎，罵幾句髒話來聽聽啊！怎麼什麼也不說呢？」

因為痛，因為丟臉，因為看熱鬧的人都在偷笑，我的眼裡滿是淚水。

葡萄牙人還在吼。

「小雜碎，怎麼不罵呢？」

我的胸中燃起熊熊怒火，惡狠狠、氣呼呼地說：

「就算我沒有罵出來，心裡也想了很多髒話。還有，等我長大就殺了你！」

他哈哈大笑，周圍的人也跟著哈哈大笑。

「好啊，那你長大啊，小雜碎，我等著，但我得先教訓教訓你。」

他突然放開我的耳朵，把我按在他的大腿上，狠狠打了我的屁股一下。一下而已，但那一下用力到我的屁股像是要穿過肚子了。這時他才終於放我走。

我搖搖晃晃地走開，人群的喧鬧聲在我耳裡迴盪。

我看都沒看就穿過公路，到了另一邊才揉了揉我那發痛的屁股。老雜碎！我要給他點顏色瞧瞧。我發誓，我一定會報仇。我發誓……但當我遠離那群混蛋之後，屁股也漸漸不痛了。要是被學校裡的同學發現，那可就更丟臉了。還有，我要怎麼跟小拇指說？接下來，只要我經過苦命人酒吧，那些沒用的大人都會嘲笑我，足足笑上一星期。我得提早出門上學，到遠一點的地方再穿過公路……

我一邊想著這些有的沒的，一邊來到了市場。我用噴泉的水洗腳，洗乾淨了再把鞋子穿上。托托卡焦急地等在那裡。剛剛丟臉的事，我一個字都不會跟他說。

「澤澤，你得幫幫我。」

「你怎麼了？」

「記得畢耶嗎？」

「住卡巴涅瑪男爵街的那個大個子？」

「就是他。放學後他要到校門口堵我。你可以幫我跟他打一架嗎？」

「但他會要了我的命吧。」

「不會，他不會。無論如何，你很勇敢，又很會打架。」

「好吧。校門口？」

「校門口。」

托托卡老是這樣。他惹了麻煩就找我去擺平。但這倒是一件好事，我可以把我從葡萄牙人那裡受的氣發洩到畢耶身上。

但那天我被揍慘了，不只臉上留下一個黑眼圈，兩隻手臂也被抓花了。托托卡和其他人一起坐在地上，爲我吶喊加油。他的腿上放了一疊書，那是我的課本和他的課本。他也對我喊了一些指令。

「用頭撞他肚子，澤澤，咬他、掐他，他就是一坨豬油。踹他老二！」

但就算有大家的加油和指導，要不是胡森柏格先生，畢耶大概會把我打成肉醬吧。胡森柏格先生從櫃檯後面出來，抓住畢耶的衣領，把他踢來踢去。

「你要不要臉？塊頭這麼大，打一個小小孩！」

家裡的人都說胡森柏格先生暗戀我姊姊拉拉。他認識我們。每當看到她跟我們在一起，他就會咧開了嘴，露出幾顆金牙，笑呵呵地送我們糖果和麵包。

最後我還是忍不住把丟臉的事告訴小拇指了。黑眼圈腫成那樣，反正我也藏不住。何況爸爸看到的時候敲了我的頭幾下，還兇巴巴地訓了托托卡一頓。爸爸從來不打托托卡，但他會打我，因爲我實在是壞透了。

小拇指一定什麼都聽到了，所以，我怎麼能不告訴他呢？他聽得火都上來了，等我說完，他氣呼呼地說：

「沒用的傢伙！」

「打架倒是沒什麼，你眞該看看……」

我一五一十把騎小豬的事說給他聽。小拇指很佩服我的勇氣。他說：

「總有一天，你會報仇雪恨的。」

「沒錯，我一定會。我要跟湯姆・米克斯[1]借左輪手槍、跟弗萊德・湯姆森借銀王，還要找科曼奇人[2]去埋伏他。有一天，我會把他的頭皮割下來帶回家，掛在竹竿上吹風。」

但我很快就氣消了，我們聊起別的事情來。

「親愛的，你猜怎麼了？還記得上星期，因爲我是好學生，老師送我一本《魔法玫瑰》嗎？」

小拇指喜歡我叫他「親愛的」，因爲這樣他就知道我眞的很愛他。

「記得。」

「是這樣的，我已經讀過了。故事是說有個花仙給了王子一朵玫瑰，這朵玫瑰有紅色和白色兩種花瓣。這個幸運的傢伙有一匹『渾身披掛著金飾的駿馬』——書上是這麼寫的。他騎著金光閃閃的英俊馬兒冒險去了。只要遇到危險，他就甩一甩那朵魔法玫瑰，一大片煙霧就會冒出來，王子就可以逃走了。坦白說，小拇指，我覺得這故事有點蠢。你知道嗎？那可不是我人生中想要的冒險。像湯姆．米克斯和巴克．瓊斯[3]那樣才叫眞正的冒險。還有弗萊德．湯姆森和理查．塔爾瑪芝[4]。因爲他們知道怎麼打架、怎麼用槍、怎麼出拳……如果他們每次遇到危險就得拿出一朵魔法玫瑰，那就不好玩了啊！你覺得呢？」

「嗯，是不好玩。」

「但這不是我想知道的。我想知道的是你相不相信玫瑰花有這種魔法。」

「聽起來是滿奇怪的。」

「大人還以爲小朋友都相信他們編的故事。」

「的確。」

我們聽到窸窸窣窣的聲音。是路易來了。我的小弟越長越俊，而且從來不哭不鬧。即使我不得不幫忙照顧他，多數時候我都是心甘情願的。

我跟小拇指說：

「我們換個話題吧，因爲我要跟他說魔法玫瑰的故事，他一定會很喜歡。我們不該破壞孩子的幻想。」

「澤澤，一起玩？」

「我已經在玩了。你想玩什麼？」

「我想去動物園。」

我看著雞舍裡的黑母雞和牠剛孵出來的兩隻小雞，覺得提不起勁。

「太晚了。獅子和孟加拉虎都去睡覺了。動物園現在要關門啦！他們不會讓我們進去的。」

「那我們去環遊歐洲。」

聰明的小傢伙學得很快，聽過的都能一字不差說出來。可是，坦白說，我也沒有心情環遊歐洲。我眞正想做的就是跟小拇指待在一起。小拇指不會看我笑話，也不會取笑我腫起來的眼睛。

我在我的小弟旁邊坐下，冷靜地說：

「你等等。我想個遊戲來玩。」

就在這時，天眞無邪的小仙女乘著一朵白雲飛過，樹上的葉子、水溝裡的雜草和小拇指身上的葉片都跟著擺動。鼻青臉腫的我露出了笑容。

「是你弄的嗎？小拇指。」

「我什麼也沒做。」

「喔，太好了，那就是風季來了。」

在我們這條街上有各種「季」。彈珠季、陀螺季、明星小卡交換季。風箏季是最美的一季了。到了這時，滿天都是五顏六色、各種形狀、大大小小的美麗風箏。空中成了戰場。風箏撞來撞去、鬥來鬥去，風箏線纏來繞去、切來割去。鋒利的線會把風箏線割斷[5]，斷線的風箏就會失去平衡，在空中翻滾，線繩和尾巴的飄帶纏在一起，畫面美不勝收。全世界都是街上的孩子們的。班古的大街小巷都在鬥風箏。掉落的風箏會纏在電線上。電力公司的卡車來了，我們就一哄而散。車上的男人會氣呼呼地下車來，扯掉軟趴趴的風箏。風啊……風啊……

隨風飄來了一個好主意。

「我們來玩騎馬打獵吧，路易。」

「我不能騎馬。」

「你很快就會長大到可以騎馬了。你先坐在這裡，看我怎麼騎。」

小拇指頓時化身爲全世界最漂亮的一匹馬，風吹得更強了，水溝裡瘦弱的雜草變成綠油油的遼闊草原。我的牛仔裝也披掛了金飾。星星警徽[6]在我胸前閃閃發亮。

「走吧，小馬，衝啊！駕！駕！」

喀噠、喀噠、喀噠！我回到湯姆．米克斯和弗萊德．湯姆森的行列了。巴克．瓊斯這次不想來，理查．塔爾瑪芝在忙另一部電影。

「衝啊！小馬，駕！駕！阿帕契族[7]的朋友來了，看他們騎馬掀起滾滾黃沙！」

喀噠、喀噠、喀噠！印第安人的馬匹鬧哄哄的。

「衝啊！小馬，草原上到處都是野牛和水牛。夥伴們，快開槍吧！砰、砰、砰！

ㄅㄧㄤˋ、ㄅㄧㄤˋ、ㄅㄧㄤˋ……咻、咻、咻！一枝枝的箭呼嘯而過。」

風、速度、狂野的奔騰、飛揚的塵土，還有路易喊叫的聲音。

「澤澤！澤澤！」

我慢慢把馬勒住，跳下馬來。我騎馬騎得滿臉通紅。

「怎麼了？有野牛朝你跑過來嗎？」

「不是啦。我們玩別的吧。有好多印第安人，我很害怕。」

「但這些是阿帕契人，他們是我們的朋友。」

「可是我很害怕。他們人太多了啦。」

---

1 湯姆．米克斯（Tom Mix, 1880-1940），活躍於一九二〇年代至一九三〇年代的美國西部牛仔電影明星，可能是默片年代最著名的牛仔。

2 譯註：科曼奇人（indios Comanches）為北美洲印第安原住民族，因力戰白人數十年而被公認是最剽悍的一支印第安民族。

3 譯註：巴克．瓊斯（Buck Jones, 1891-1942），美國西部牛仔電影明星。

4 譯註：理查．塔爾瑪芝（Richard Talmadge, 1892-1981），美國好萊塢特技演員。

5 譯註：巴西流行鬥風箏，玩法是用塗有玻璃粉末的鋒利風箏線去割斷對手的風箏線。

6 從十九世紀到一九二〇年代，美國西部城市的執法人員使用的徽章，常見於西部電影中。

7 阿帕契族（Apache）為北美印第安原住民族之一支。

第二章 交朋友

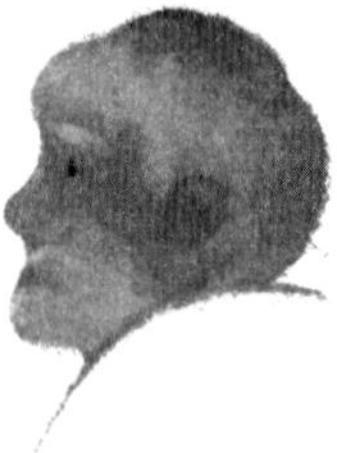

接下來幾天，我提早一點去上學，免得碰到買菸的葡萄牙人。我還特地從街上另一邊的轉角繞過去，房子前面的樹籬陰影幾乎整個遮住了那個轉角。一到公路邊，我就拎著鞋子穿過去，貼著工廠的高牆走。但我花這些功夫其實沒有意義。這條街上的人記憶很短暫，很快就沒人記得保羅先生家的小鬼鬧的笑話了——每當有人指控我做了什麼的時候，他們就是這樣稱呼我的：「是保羅先生的兒子。」「是保羅先生家的男孩。」「是保羅先生家的搗蛋鬼。」有一次，他們還想了一個很壞的笑話——班古足球隊輸給安達拉伊[1]足球隊時，大家開玩笑說：「班古足球隊被打得比保羅先生家那孩子還慘呢！」

有時候，我會看到那輛破車停在轉角，我就會退後一點，才不必看到那個葡萄牙人炫耀他那輛全世界、全班古最漂亮的車。哼！等我長大一定要殺了他。

就在這時，他消失了幾天。眞是令人鬆一口氣！他一定是出遠門或度假去了。我又可以老神在在地走路去上學啦。而且，我已經開始懷疑長大以後找他報仇値不值得了。

有一件事倒是很確定：當我跳上一輛沒那麼重要的汽車玩騎小豬的時候，心裡再也沒有一樣的興奮，耳朵還會熱辣辣地痛起來。

街坊上的日子照常繼續。風箏季來了，我們老是待在外面。白天，花花綠綠的美麗風箏像星星般點綴著藍藍的天。因爲風箏季的緣故，我比較少去找小拇指，只有挨打完被禁足才會去看他。我被禁足時從來不會偷偷溜出去，連挨兩頓揍可就太痛啦！我會帶著路易國王一起去「披掛」（我超喜歡這個詞的）我的甜橙樹。剛好就在這時，小拇指長大了許多，快要開花結果了。其他橙子樹要花好久，但我的甜橙樹特別「早熟」——就像伊吉蒙督叔叔對我的形容。他跟我說過，「早熟」的意思就是一個東西比其他東西提早很久準備好。事實上，我覺得他不知道怎麼解釋才好。反正早熟的意思就是熟得比較早。

所以，我會把一堆瓶蓋打洞，拿一些線和幾條繩子，去將瓶蓋「披掛」在小拇指身上。你眞該看看他有多帥氣。風一吹，瓶蓋就跟著叮噹響，他看起來就像穿著弗萊德．湯姆森騎銀王時穿的馬刺。

學校生活也很好。所有的國歌我都會背了。最重要的那一首才是眞正的國歌，其他是國旗歌和一首唱著「自由、自由，用你的羽翼覆蓋我們」[2]的歌。在我心目中，這首是最棒的。我覺得在湯姆．米克斯的心目中，這首也是最棒的。每當我們一起去騎馬，除非是在打仗或打獵，不然他都會充滿敬意地說：

「來吧，阿平納杰戰士，來唱自由之歌。」

我嘹亮的高音就會響徹遼闊的原野，甚至比星期二跟阿里奧瓦多先生一搭一唱時更好聽。

每星期二，我都會翹課去等火車載來我的夥伴阿里奧瓦多。他會拿著我們要去街上叫賣的歌詞本、揹著滿滿兩袋的備貨走下樓梯。每次都幾乎賣光光，我們兩個都很高興。

下課的時候，我們一有時間就玩彈珠。我超會玩的，總是一舉命中目標，每天回家都揹了滿書包叮叮噹噹的戰利品，常常比我帶去學校的彈珠還多三倍。

我的老師西西利亞·帕伊眞的人很好。如果跟她說我是我們那條街最壞的孩子，她才不信呢！她不信我知道的髒話比其他同學多，也不信沒人惹的禍比我多。她不肯相信。我在學校就是個小天使。不但從來沒被訓過話，還成了所有老師的心頭寶，因爲我是學校有史以來年紀最小的學生。帕伊老師從幾哩外就看得出我們家很窮。到了點心時間，大家都在吃點心，她看我沒得吃很可憐，就會把我叫過去，給我錢去買麵包。她那麼喜歡我，我覺得我在學校很乖都是爲了不要讓她失望。

突然間，葡萄牙人就重新出現了。我像平常一樣沿著公路慢慢走，他的車子開了過去，不只故意開得靠我很近，還按了三下喇叭。我看到那個老雜碎在對我笑，我又整個火都上來了，又想等長大就殺掉他。我高傲地皺起眉頭，假裝無視他。

「小拇指，就像我說的，他好像每天都在那邊等我經過，然後就開過來對我按三下喇叭。昨天他居然還跟我揮手！」

「那你怎麼做？」

「我才不理他。我都假裝沒看到。你瞧，他開始怕了。我快六歲了，要不了多久，我就是個男子漢了。」

「你覺得他會不會是因爲怕了，所以就想跟你交朋友了？」

「肯定是這樣。你等等，我去拿箱子。」

小拇指長高很多，現在我得站在箱子上才能爬上他的馬鞍。

「好啦。現在我們可以好好說話了。」

在高高的地方，我感覺自己比什麼都大。我會看看四周的風景，看看水溝裡的小草，看看來找食物的雀兒和鳥兒。晚上，天還沒黑，就會有另一隻路西阿諾飛過來，像阿方索空軍基地的飛機一樣，開心地在我頭頂上飛來飛去。一開始，就連小拇指都很訝異我居然不會怕，因爲大多數的小朋友都怕蝙蝠。仔細想想，路西阿諾好多天沒出現了。他一定是找到別的空軍基地去做飛行訓練了。

「你知道嗎？小拇指，尤吉妮亞家的芭樂開始變黃了，一定是快熟了。問題是如果被她抓到就不好了，我今天已經挨三頓揍啦。我來這裡找你，都是因爲我被禁足了……」

但惡魔乾爹把我扶下來，還拉我到樹籬邊。下午的微風像是故意要把芭樂的香味吹到我的鼻子裡。我撥開一根樹枝，偷看樹籬另一邊，什麼聲音也沒聽到……惡魔乾爹說：「去啊，傻瓜，沒看到那裡沒人嗎？她一定是去那個日本太太的雜貨店了。班尼吉托先生？不用擔心，他基本上又聾又瞎，什麼也看不到。就算他注意到了，也還來得及逃跑。」

我沿著樹籬來到水溝邊，心裡有了決定。首先，我向小拇指打手勢，要他別出聲。我的心臟跳得很快。尤吉妮亞可不是好惹的。天知道她有多毒舌。

我憋住氣，踮著腳尖走，廚房窗口突然傳來她宏亮的聲音。

「孩子，有什麼事嗎？」

我甚至沒想到要撒謊說我來撿球，只顧拔腿就跑，撲通一聲跳進水溝。但還有別的好戲在等我。我痛到差點叫出來，但萬一叫出來了，我就要挨兩頓揍了：一是因爲我被禁足還溜出後院，二是因爲我跑去偷鄰居家的芭樂，左腳還扎到了玻璃碎片。

我用力拔掉玻璃碎片，但還是痛得七葷八素。我小小聲地哀嚎著，看到鮮血流進水溝，在髒水裡打轉。現在呢？我痛得眼淚直流。玻璃是拔掉了，但我不知道怎麼止血啊。我用力握住腳踝，想要減輕疼痛。我必須堅強一點。快天黑了，爸爸、媽媽和拉拉快回來了。只要他們有一個人抓到我，我就要挨揍了。說不定三個人都來打我一頓。我翻過樹籬，單腳跳到我的甜橙樹邊坐下來。腳還是很痛，但不至於痛到想吐了。

「小拇指，看。」

小拇指嚇壞了。他跟我一樣怕看到血。

「天啊，我該怎麼辦？」

托托卡會幫我，但他現在在哪裡？家裡有葛洛莉雅在。她一定在廚房。葛洛莉雅也是唯一一個不喜歡大家老是打我的人。她可能會揪我耳朵，或又再把我禁足，但我必須試試。

我把自己拖到廚房門口，想著要怎麼贏得葛洛莉雅的同情。她不知道在繡什麼東西。我笨拙地坐下，這次上帝幫了我的忙。她看了過來，看到我垂頭喪氣的樣子，什麼也沒說就繼續忙她的，因爲我被禁足了。我的眼裡都是淚水，還吸了吸鼻子。我發現她又看了過來。她停下手邊的針線活。

「怎麼啦？澤澤。」

「沒什麼。葛洛莉雅……爲什麼沒人愛我？」

「因爲你成天闖禍啊。」
「葛洛莉雅，我今天已經捱三頓打了。」
「那你是不是活該啊？」
「不是我活該，是因爲沒人愛我，所以大家都把氣出在我身上。」
葛洛莉雅十五歲的少女心開始融化了，我感覺得出來。
「我覺得最好明天公路上有輛車把我輾過去，輾得稀巴爛。」
接著我的眼淚就洩洪了。
「胡說。澤澤，我很愛你。」
「妳才不愛我。如果妳愛我，妳就不會讓他們今天又打我。」
「天要黑了，你今天不會有時間再闖禍了。」
「可是我已經又……」
她放下她的針線活，走了過來，看到我腳邊的一攤血，幾乎尖叫出來。
「天啊！小祖宗，你又做了什麼？」
我贏了。只要她叫我「小祖宗」，我就安全了。
她把我抱到椅子上坐好，接著急忙拿來一碗鹽巴水，跪在我腳邊。

「會很痛喔，澤澤。」

「已經很痛了。」

「天啊，傷口少說有三公分吧。你怎麼弄的？」

「別告訴任何人。拜託，葛洛莉雅，我保證乖乖的。不要讓他們打我……」

「好，我不說。但怎麼瞞得住呢？大家都會看到你的腳包起來了啊。而且，明天你沒辦法去上學了。他們一定會發現的。」

「我會去上學。我先穿著鞋子走到街角，轉過去再脫掉鞋子。」

「你要躺下來，把你的腳抬高，不然你明天甚至不能走路去上學。」

她扶著我一拐一拐地走到床邊。

「趁其他人還沒到家，我先拿點東西給你吃。」

她拿著食物回來時，我忍不住親了她一下。我可是不隨便親人的。

大家都去吃晚餐的時候，媽媽注意到少了我一個人。

「澤澤呢？」

「在床上。他喊頭痛喊一整天了。」

我聽得很專心，一下子忘了我的腳有多痛。我喜歡成爲大家談話的焦點。這時，葛洛莉雅決定幫我說句話。她裝出很難過的聲音，用責怪的口氣說：

「我覺得是因爲大家都打他，今天他眞的很慘，挨三頓揍也太多了。」

「但他老是惹事啊，不打都不知道消停一下！妳敢說妳從沒揍過他嗎？」

「幾乎沒有，我頂多就是揪他耳朵。」

他們全都安靜下來，葛洛莉雅又繼續說：

「畢竟，他甚至還不滿六歲。是，他是很皮，但他還是個小孩。」

這段談話令我滿意極了。

葛洛莉雅幫我穿衣、穿鞋的時候還是很擔心。

「你可以嗎？」

「可以。」

「你不會跑到公路上去做傻事吧？」

「不會。」

「你昨天說的是真的嗎？最好有車子把你輾過去？」

「不是。昨天我只是很傷心，因爲我覺得沒人愛我。」

她摸摸我又細又柔的金頭髮，送我出門去。

我以爲只有到公路之前的那段路會很難走，等鞋子脫掉就不會那麼痛了。但當我赤腳踩在地上時，我還是痛得受不了，只能扶著工廠的圍牆慢慢走。這樣下去，我永遠也走不到學校了。

這時，一樣的事情又發生了。喇叭響了三聲。可惡！我快痛死了還不夠，他還要來欺負我。

車子在我旁邊停下來。他探出身體對我喊：

「喂！小朋友，你的腳受傷啦？」

我想跟他說不關你的事，但因爲他沒有叫我「小雜碎」，我就沒有回話，只是往前走。

他重新發動車子，從我旁邊開過去，然後停在人行道上擋住我。他打開車門走下車來，龐大的身軀立在我面前。

「很痛嗎？小朋友。」

打我打得那麼用力的人，不可能現在用這麼溫柔、這麼親切的聲音跟我說話。他甚至靠得更近，而且居然跪了下來，看著我的眼睛。他的笑容好溫柔，像是充滿了感情。

「看起來好像傷得很重耶。怎麼回事？」

我吸了吸鼻子才回話。

「踩到玻璃碎片。」

「傷口很大嗎？」

我用手指比給他看。

「喔！那很嚴重欸。你怎麼不在家休息呢？你現在要去上學，對吧？」

「爸爸媽媽不知道我受傷了。要是被發現，他們就會揍我，叫我學乖。」

「來吧，我載你。」

「不用了，先生，謝謝你。」

「爲什麼不要？」

「學校裡人人都知道那天的事。」

「但你這樣沒辦法走路啊。」

的確。我垂下頭，感覺我的驕傲要瓦解了。

他拖著我的下巴，抬起我的頭來。

「我們就忘了之前的事吧。坐過車嗎？」

「沒有，先生，從來沒有。」

「那我讓你搭個便車。」

「不行。我們是敵人。」

「我不介意啊。如果你覺得不好意思，我就在我們到學校之前先放你下來，好嗎？」

我感動到甚至說不出話來，只能點點頭。他把我抱起來，打開車門，小心翼翼地把我放到副駕駛座上，再繞到另一邊，坐上駕駛座。發動引擎之前，他又對我笑了笑。

「看吧，這樣好多了。」

車子順順地往前開，偶爾輕輕地搖晃，美好的感覺讓我閉上眼睛，做起白日夢來了。坐車可比騎著弗萊德．湯姆森的銀王舒服多了、享受多了。可是我開心不了太久，因爲當我睜開眼睛時，我們已經很靠近學校了，我看見一大群、一大群的小朋友穿過校門口。我嚇得滑下椅子躲起來，緊張地說：

「你說會在我們到學校之前停下來的。」

「我改變主意了。你那隻腳不能丟著不管。你可能會得破傷風。」

「破傷風」[3]聽起來很美也很拗口，但我甚至不敢問那是什麼意思。我也知道現在說不要也沒用。車子轉上卡斯尼亞斯街，我坐回椅子上。

「在我的印象中，你是一個勇敢的小男子漢。我們來看看我想的對不對。」

他停在藥局前面，把我抱了進去。阿道科托．魯斯醫生過來幫忙的時候，我嚇壞了。他是工廠工人的醫生，跟我爸爸很熟。接下來，我又更害怕了，因爲他看著我直接問：

「孩子，你是保羅．瓦斯康賽魯斯的兒子吧？他找到工作了嗎？」

雖然讓葡萄牙人知道爸爸失業很丟臉，但我不能不回答。

「他還在等。他們給了他很多承諾……」

「嗯，先來處理正事吧。」

他剝掉黏在傷口上的布，還發出一聲「嗚喔」，我聽了很害怕，嘴唇忍不住顫抖起來，但葡萄牙人來救我了。

他們讓我坐在一個鋪了白布的檯子上。一堆工具冒了出來，我看了直發抖，唯一沒再抖得更厲害的原因，就是葡萄牙人讓我靠著他的胸口，兩隻手還輕輕但穩穩地抓住我的肩膀。

「不會很痛的。弄完之後，我帶你去買糖果和汽水。你不哭的話，我還會買附贈明星小卡的糖果給你。」

我鼓起所有的勇氣。眼淚從我臉上流下來。我坐在那裡，由著他們弄來弄去。醫生幫我縫了傷口，還給我打了破傷風預防針。我努力忍住不要吐出來。葡萄牙人緊緊抱住我，像是想幫忙分走一點疼痛。我滿頭大汗又滿臉是淚，他還拿出手帕幫我擦了擦。感覺好像永遠不會結束，但最後終於還是結束了。

他滿意地帶我回到車上。他答應我的一切都做到了，只不過我其實什麼也不想要。感覺起來，我的靈魂像是從腳底被抽走了似的……

「小朋友，你現在不能去上學。」

在車上，我們坐得很近，我靠在他的手臂上，幾乎妨礙到他開車。

「我載你到你家附近，你想想要怎麼說吧。你可以說是玩遊戲的時候受傷了，老師送你去藥局。」

我感激地看著他。

「小朋友，你是個勇敢的男子漢。」

我忍痛笑了笑。痛歸痛，我也發現一件很重要的事情，那就是這個葡萄牙人現在是全天下我最喜歡的人了。

1 Andaraí，巴西里約熱內盧北區的一個鄰里。

2 出自〈巴西共和國之歌〉（Hino da Proclamação da República）。

3 破傷風（tétano）是細菌經由傷口進入人體引起的感染，有可能致命，所以在不乾淨的地方踩到釘子或玻璃碎片時，都要打破傷風預防針。

第三章 東扯西聊，無話不談

「嘿，小拇指，我差不多什麼都知道了，什麼都摸清楚了。他住在卡巴涅瑪男爵街的街尾那裡。他把車停在他的房子旁邊。他有兩個鳥籠，一個關了一隻金絲雀，另一個有隻藍色的小鳥。我一大早就帶著擦鞋箱去他家，裝得若無其事的樣子。小拇指，我太想去了，甚至都不覺得擦鞋箱很重了。我好好看了看那棟房子，覺得一個人住也太大了。他剛好在房子側邊的洗臉台那裡刮鬍子。

「我拍了拍手。

「『先生，擦鞋嗎？』

「他出來到前面，臉上都是肥皂泡，鬍子已經刮掉了一點。他笑笑說：『喔，是你啊！進來吧，小朋友。』

「我跟著他走了進去。

「『等一下，我馬上就好。』

「然後，他就用剃刀刮起臉來：喀嚓、喀嚓、喀嚓。我心想，等我長大了，我也想要那樣的鬍碴，刮起來發出那樣的聲音：喀嚓、喀嚓、喀嚓……

「我坐在我的箱子上等，他從鏡子裡看我。

「『這時間你不是應該在學校嗎？』

「『今天是國定假日，先生，所以我才出來擦鞋，賺幾個托斯陶。』

「『這樣啊。』

「他說完又繼續刮鬍子。最後，他靠在洗臉台上，往臉上潑水，再用毛巾擦乾。他的臉看起來紅紅的、亮亮的。他又笑了。

「『想跟我一起吃早餐嗎？』

「我雖然很想，但嘴巴上還是說不想。

「『來吧。』

「你眞該看看他的飯廳有多乾淨，桌上有紅色的格子桌布，還有眞正的咖啡杯，不是像我們家那種馬口鐵的杯子。他說，每天都會有個黑人太太趁他去上班的時候來打掃。

「『你喜歡的話，可以像這樣，把麵包泡到咖啡裡吃。但喝的時候不要發出稀里呼嚕的聲音，那樣不禮貌。』」

我看了看小拇指，但他安靜得像布娃娃一樣。

「怎麼了？」

「沒事。我在聽。」

「聽著，小拇指，我不喜歡吵架，但你如果不開心，最好現在就說出來。」

「沒什麼。只是你現在一直在演那個葡萄牙人，我沒辦法參與啊。」

我想了想。當然了。我甚至都沒想到他沒辦法參與。

「過兩天，我們就要跟巴克・瓊斯碰頭了。我請坐牛酋長[1]傳了話給他。巴克・瓊斯在很遠的地方，在……呃，在猛原打獵……小拇指，是猛原還是莽原[2]？我不確定。下次去奶奶家，我再問伊吉蒙督叔叔。」

又是一片沉默。

「剛剛聊到哪了？」

「把咖啡泡到麵包裡。」

我哈哈大笑。

「咖啡不能泡到麵包裡啦，傻瓜。」

「反正呢，葡萄牙人和我都沒有說話，他只是看著我，像在研究什麼一樣。

「『所以，你找到了我住的地方。』

「我很不自在，決定乾脆坦白說。

「『先生，我跟你說一件事，你保證不會生氣？』

「『當然不會。朋友之間不該有祕密。』

「『我不是來擦鞋的。』

「『我知道。』

「『但我真的很想來這裡……住這邊的人都不需要擦鞋，住在公路附近的人才需要。』

「『但你可以直接過來啊，不用拖著那麼重的東西吧？』

「『我如果不拖著這麼重的東西，家裡的人就不會准我出門了。我不能跑太遠，出來一下就得趕快回家，讓他們看到我，你明白嗎？如果想去遠一點的地方，我就得假裝是要去工作。』

「我的邏輯讓他笑了出來。

「『我在工作的話，他們就知道我不是在闖禍。這樣比較好，因爲我不會挨那麼多揍。』

「『我不信你有你說的那麼皮。』

「這時，我認眞起來。

「『我什麼也做不好。我壞透了。所以，聖誕節那天，在我心裡誕生的才會是惡魔寶寶，而不是耶穌寶寶，也所以我從來沒有得到過一件禮物。先生，我是討厭鬼、麻煩精、比狗還不如、跟垃圾一樣。我的一個姊姊說，像我這樣的壞蛋就不該被生下來。』

「他驚訝地抓抓頭。

「『光是這星期，我就挨了好幾頓揍，超痛的！我沒做的事也會挨揍，反正什麼都怪我。大家都打我。』

「『但你到底做了什麼這麼壞呢？』

「『一定是惡魔在我心裡搞鬼，我就是會心裡癢癢的，然後就手癢做了一些事。這星期，我放火燒了尤吉妮亞家的籬笆。我叫柯黛莉亞太太**河馬**，她氣瘋了。我用破布做了一顆球來踢，結果那顆笨球飛進娜希莎太太家的窗戶，砸破了她的大鏡子。我用彈弓打壞三個路燈。我用石頭丟阿貝爾先生的兒子。』

「『夠了，夠了。』

「他用手遮住嘴，不讓我看到他在笑。

「『可是還沒完。我把丁泰納太太剛種下的種子全都挖出來。我餵何塞娜太太的貓吃了一顆彈珠。』

「『喔！這可不行。我不喜歡看到有人虐待動物。』

「『不是大顆的。很小一顆而已。他們幫牠通便，牠就把彈珠痾出來了。但他們沒把彈珠還給我，倒是狠狠揍了我一頓。還有更糟糕的，有一次我在睡覺，爸爸突然就拿拖鞋打我，打得我莫名其妙。』

「『所以這次又是爲了什麼呢？』

「『是因爲我們一群人去看電影。我們挑星期一去，因爲那天的票比較便宜。看電影的時候，我想尿尿，你知道尿急的感覺嗎？所以，我就站在牆角尿了起來，小便從牆壁上流了下來。出去尿尿的話就看不到那一段演什麼了啊！這樣不是很傻嗎？可是，你也知道男生都是什麼樣子的，只要有一個人這麼做，其他人就也想跟著做。所以，大家全都輪流到那個角落尿尿，小便流成了一條河。結果就被大人發現了，你知道他們說什麼嗎？他們說：是保羅先生家那孩子。他們說，接下來一年都不准我去班古電影院，直到我學乖爲止。那天晚上，電影院老闆跟爸爸說了這件事。相信我，他聽了可不覺得有趣。』」

小拇指還是臭著一張臉。

「聽著，小拇指，別這樣，他是我最好的朋友，但你絕對是樹中之王，就像路易是我們兄弟當中的國王。我們的心要夠大，什麼都要容得下，你懂嗎？」

沉默。

「你知道嗎？小拇指，我要去玩彈珠了。你最近很愛鬧脾氣。」

剛開始，保密只是因爲我怕大家看到我和那個打我屁股的人坐在車上。後來一直保密下去，是因爲我覺得有個祕密滿好的。葡萄牙人也不反對。我們約好不讓別人發現我們的友誼。第一，他不想讓所有的小朋友都來搭便車。只要看到認識的人，包括托托卡在內，我都會趕快從椅子上溜下去。第二，因為我們有很多話要說，所以不想讓別人來打擾。

「先生，你見過我媽媽嗎？她是阿平納杰族的。她的爸爸媽媽都是阿平納杰人。我們全都是一半的阿平納杰人。」

「那你的皮膚怎麼這麼白？就連頭髮也金得發白？」

「這是因為葡萄牙人的那一半。媽媽看起來就像阿平納杰人，皮膚很黑，頭髮很直。只有葛洛莉雅和我是白皮膚。為了付家裡的帳單，媽媽在英格蘭紡織廠織布。有一天，她去搬一箱線軸，突然背很痛，痛到得去看醫生。醫生給她穿護腰，因為她的『椎間盤』跑出來了。媽媽對我還不錯。她打我的時候，都是拿後院的黃花枝[3]來打，而且只會打我的腳。她晚上回家的時候總是很累，累到都不想說話了。」

車子繼續滑行，我繼續說個不停。

「我大姊真夠奇葩的。她是個超級大花痴。媽媽以前會叫她幫忙帶我們出去溜達，她會交代她不要往街頭走，因為她知道她有個男友在轉角那邊等。所以，她就往街尾走，但那裡也會有另一個男友在等。你得把鉛筆收好，不能到處亂放，因為她老是拿來寫信給她的男友們……」

「我們到啦。」

車子開到市場附近了，他停在我們說好的地方。

「明天見，小朋友。」

他知道我會想辦法叫他停一下，跟我去買汽水和明星小卡。我已經弄清楚什麼時候他鬧著沒事了。

就這樣過了一個月多。多很多。但我從沒見過一個大人聽我講聖誕節的事情時那麼難過。他含著眼淚摸摸我的頭，保證以後的每一個聖誕節我再也不會沒有禮物。

日子一天天過得很慢，但最重要的是過得很開心。就連在家裡，大家都開始注意到我不一樣了。我總是待在後院的小天地，闖的禍也少了。沒錯，有時惡魔還是會戰勝天使，但我講的髒話沒以前多，也沒去惹我們的鄰居了。

只要可以，葡萄牙人就會帶我來個郊遊活動，其中一次，他把車停到路邊，笑著問我：

「你喜歡坐『我們的』車嗎？」

「這輛車也是我的嗎？」

「我的就是你的，就像兩個很要好的朋友那樣。」我樂壞了。全天下最漂亮的車子耶！要是可以告訴大家我是它一半的主人就好了。

「所以，我們現在是不是很要好的朋友了呢？」他問。

「是！」

「那我可以問你一件事嗎？」

「可以！」

「你現在不想快快長大來把我殺了吧？」

「不。我絕對不會做這種事。」

「可是你說過這種話，不是嗎？」

「我說的是氣話。我誰也殺不了，因爲就連家裡在殺雞的時候，我都不敢看。而且，後來我發現你不像他們說的那樣。你不是食人族之類的。」

他嚇了一跳。

「你說什麼？」

「食人族。」

「你知道那是什麼嗎？」

「知道，先生，我知道。伊吉蒙督叔叔教過我。他是一個很有智慧的人。城裡有個人請他去編字典。唯一一個他沒辦法解釋給我聽的東西就是『金剛砂』[4]。」

「你轉移話題了。我要你跟我解釋『食人族』到底是什麼。」

「食人族就是吃人肉的土著。在巴西歷史的課本上有一張圖片，是食人族在剝葡萄牙人的皮，就是要剝來吃掉。他們也會吃敵人部落的戰士。巴西的食人族跟非洲的食人族不一樣，非洲的愛吃大鬍子傳教士。」

他發出一種深沉的笑聲，像是從肚子裡傳出來的。我從沒聽一個巴西人這樣笑過。

「你眞是個活寶，小朋友。有時你讓我驚訝到下巴都掉下來了。」

接著，他擺出一副認眞的表情。

「告訴我，小朋友，你幾歲了？」

「要講眞的還是假的？」

「當然要講眞的。我可不要一個會說謊的朋友。」

「是這樣的，我其實只有五歲，但我假裝六歲了，不然他們不讓我上學。」

「那你爲什麼這麼小就要去上學呢？」

「哈！因爲大家都想擺脫我，換來幾小時的清靜。你知道金剛砂是什麼嗎？」

「你從哪裡聽來的？」

我把手伸到口袋，在石頭、彈弓、明星小卡、陀螺繩和彈珠當中摸來摸去。

「是這個。」

我舉起一枚圓牌，那上面有個印第安人的頭像。是北美洲的印第安人，頭髮還插了羽毛。背面就寫著金剛砂。

他把圓牌翻過來看。

「我恐怕也不知道。你從哪找到的？」

「這是從爸爸的懷表上拆下來的。那隻懷表有一條繩子掛著這個，懷表放在他口袋裡的時候，這個圓牌就垂在外面。爸爸說，那隻懷表本來要傳給我，但他缺錢，只好把它賣了。那麼漂亮的懷表就沒了。他把這個圓牌拆下來傳給我。我把繩子剪掉了，因爲上頭都是臭酸味。」

他又摸了摸我的頭髮。

「你眞是個複雜的小傢伙，但我必須承認，你讓我這個老傢伙的心充滿快樂。眞的。我們現在是不是該走啦？」
「我們聊得這麼開心。再一下下就好。先生，我有很重要的話要跟你說。」
「說吧。」
「所以，我們是很要好的朋友，對吧？」
「毫無疑問。」
「就連這車子也有一半是我的，對吧？」
「總有一天，它全部都是你的。」
「那……」
要說出來還真難。
「說啊……怎麼回事？你可不像講話會結巴的人。」
「你不會生氣吧？」
「當然不會。」
「關於我們做朋友這件事，我有兩點不滿意。」
要說出來還是不像我想的那麼容易。
「哪兩點？」

「第一，如果我們是那麼好的朋友，那我為什麼都得叫你『先生』或『曼努耶爾先生』？」

他笑了。

「你想叫我什麼就叫我什麼。」

「我只是在跟小拇指聊到你的時候不知道要叫你什麼。你沒有不高興？」

「我為什麼要不高興？這是很合理的要求。還有，這位我從沒聽過的小拇指又是誰？」

「小拇指就是親愛的。」

「所以，親愛的就是小拇指、小拇指就是親愛的，我還是不懂。」

「小拇指是我的甜橙樹，親愛的是我給他取的小名。」

「所以，你有一棵叫做小拇指的甜橙樹。」

「他超棒的。他陪我說話，還會變成一匹馬，跟我們一起去冒險，跟巴克．瓊斯、湯姆．米克斯……弗萊德．湯姆森……你喜歡肯．梅納德[5]嗎？」（不說「先生」只說「你」，感覺好奇怪，但我已經下定決心了。）

他比了個手勢，像是在說西部牛仔的事他什麼也不知道。

「有一天，弗萊德·湯姆森把我介紹給他。我眞的很喜歡他戴的羽毛帽，但我覺得他不知道要怎麼笑才好看。」

「好了好了，我們繼續剛剛的話題吧，因爲你那顆小腦袋瓜裡裝的東西都把我搞迷糊了。你要說的另一件事是什麼？」

「另一件事又更難了，但既然我說了『先生』的事，你都沒有不高興，那……我不太喜歡你的名字。不是我不喜歡，而是朋友之間叫那名字有點……」

「饒了我吧，叫名字又怎麼了？」

「你眞覺得我可以叫你瓦拉達利斯嗎？」

他想了想，笑著說：

「不好，聽起來不太對勁。」

「我也不喜歡叫你曼努耶爾。你都不知道爸爸講葡萄牙笑話的時候曼努耶爾來、曼努耶爾去的，我聽了有多生氣。你聽得出那個死老頭從沒交過一個葡萄牙朋友……」

「你剛剛說什麼？」

「說爸爸講葡萄牙笑話？」

「不是，在那之後。很沒禮貌的話。」
「『死老頭』跟『下流胚子』一樣沒禮貌嗎？」
「差不多。」
「那我以後盡量不要說……所以，你怎麼想？」
「看你囉。你想出什麼辦法了嗎？聽你的意思，你不想叫我瓦拉達利斯，也不想叫我曼努耶爾。」
「有個名字我很喜歡。」
「什麼名字？」
我露出全天下最賊的表情。
「在甜點店裡，拉吉斯羅先生還有其他人都叫你那個名字。」
他揮舞拳頭，假裝生氣的樣子。
「好啊，你眞是我見過最沒大沒小的傢伙。你想叫我『老葡』，對吧？」
「這樣才像朋友嘛！」
「這就是你要的嗎？那好，就這樣吧！現在可以走了嗎？」
他發動引擎，開了一小段路，像在想事情的樣子。接著，他把頭伸出窗外看了看，整條路上都沒別的車過來。

他打開車門，說了聲：

「下車。」

我聽話照做，跟著他來到車屁股後面。他指了指掛在上面的備胎。

「好了，抓緊了，要小心喔！」

我擺好騎小豬的姿勢，開心得不得了。他坐上駕駛座，開得很慢很慢。開了五分鐘後，他就停下車子，繞到後面來看我。

「喜歡嗎？」

「像做夢一樣。」

「好啦，夠了。我們走吧，天晚了。」

夜幕輕輕降了下來，遠處的山楂樹上有蟋蟀在唱歌，宣告著夏天還沒結束。

車子噗噗噗向前開。

「好了，從今以後，名字的事就這樣說定了，好嗎？」

「成交。」

「你回家要怎麼解釋這段時間去哪兒了？說來給我聽聽。」

「我已經想好了。就說我去上教義問答課了。今天是星期四，對吧？」

「眞是拿你沒辦法。每件事你都有藉口。」

我挪過去，把頭靠在他的手臂上。

「老葡。」

「什麼事？」

「你知道嗎？我再也不想離開你身邊了。」

「爲什麼？」

「因爲你是全世界最好的人了。跟你在一起的時候都沒人欺負我，我覺得心裡有一顆快樂的太陽。」

---

1 坐牛酋長（cacique Touro Sentado, 1831-1890）是北美洲印第安人蘇族（Sioux tribe）的酋長，他在一八七六年六月二十五日的小大角戰役中，殲滅了卡斯特將軍（General Custer）帶領的美國聯

邦第七騎兵團。

2 莽原（savannah或savanna），亦稱疏林草原，非洲某些地區典型的地理特徵，亦分布於南美洲，是各種野生動物的天然棲地。

3 譯註：黃花指的是常見於巴西的野生植物「白背黃花稔」（當地人俗稱為guanxuma），白背黃花稔是一種開黃花的小樹，葉片細、枝條軟，巴西民間常將帶有葉片的枝條捆成一束，做成掃把。

4 carborundum，是一種非常堅硬的化合物，成分為碳化矽，廣泛用作研磨材料。

5 Ken Maynard（1895-1973），活躍於一九二〇年代至一九四〇年代的美國西部電影明星。

第四章
難忘的兩頓揍

「從這裡折一條線，再用刀子從折線這裡劃開。」

刀子割紙發出鈍鈍的聲響。

「現在塗上膠水，只黏邊邊一點點的地方，剩下的地方都不要黏到。像這樣。」

我坐在托托卡的旁邊，跟他學做熱氣球[1]。該黏的地方全都黏好之後，托托卡用夾子夾住氣球頂端，把它掛到曬衣繩上。

「曬乾了再來做開口，懂嗎？傻瓜。」

「懂。」

我們坐在後門的台階上，望著五顏六色的熱氣球，要等好久才能曬乾。自稱是專家的托托卡繼續跟我解釋：

「等你練到真的很熟了，再來試做有很多面的熱氣球。剛開始先從只有兩面的做起，因爲這種的比較簡單。」

「托托卡，我如果自己做一個，你會幫我做開口嗎？」

「看情況。」

他這是想跟我談條件，看能不能換到我收藏的彈珠或明星小卡。大家都不懂我的收藏品怎麼增加得那麼快。

「哎喲，托托卡，你要我幫忙打架的時候，我都幫你耶！」

「好吧，我免費幫你做第一個，但你要是學不會，其他的就要拿東西來換了。」

「成交。」

我暗自發誓，一定要一次學好怎麼做，之後就再也不讓他碰我的熱氣球。

後來我滿腦子都是熱氣球的事。那一定要是「我的」熱氣球才行。想想老葡聽到我這麼厲害會有多驕傲，小拇指看到我拎著晃來晃去的熱氣球又會多麼佩服……

我打定了主意，於是我在口袋裡裝滿彈珠和幾張花色重複的明星小卡，然後就出門了。我要把這些東西便宜賣掉，賺來的錢至少要買兩張色紙回來。

「大家注意！五顆彈珠只賣一托斯陶，跟新的一樣！」

沒有動靜。

「十張小卡只賣一托斯陶，羅塔太太店裡可沒有這麼便宜。」

還是沒有動靜。小朋友們都沒錢。我沿著進步街一直走，邊走邊叫賣。我幾乎是小跑步來到卡巴涅瑪男爵街，但還是沒人理我。奶奶家呢？我也去了，但她沒有興趣。

「我不想要彈珠或明星小卡。你最好還是自己留著吧，因爲明天你又會來叫我買給你。」

奶奶顯然沒有錢。

我又上路了。我低頭看看自己的腳，在塵土飛揚的街上走了那麼多路，腳丫子都弄髒了。我又抬頭看看天空，太陽開始下山了。就在這時出現了奇蹟。

「澤澤！澤澤！」

畢里奇紐像瘋子一樣朝我跑過來。

「我到處找你。你有東西要賣？」

我甩了甩口袋，彈珠叮噹響。

「坐下來談。」

我們坐了下來，我把貨都攤在地上。

「怎麼賣？」

「五顆彈珠一托斯陶，十張小卡也是一樣的價錢。」

「搶錢喔?!」

我聽了很不高興，誰搶錢了?你才搶錢！一托斯陶一般只能買到五張小卡或三顆彈珠。我開始把貨一一收回口袋。

「等等。我可以自己挑嗎？」

「你有多少錢？」

「三托斯陶，我可以花兩托斯陶。」

「那好吧，我可以給你六顆彈珠和十二張小卡。」

我衝進苦命人酒吧，已經沒人記得「那件事」了。店裡只有奧蘭多先生在吧檯前聊天。工廠鈴響之後，大家都會來喝一杯，到時就會人多到擠不進來[2]。

「先生，你們有賣色紙嗎？」

「你有錢嗎?不是要記在你爸爸帳上吧?」

我聽了沒有不高興,只是給他看我的兩托斯陶。

「我只有橘色和粉紅色的。」

「就這樣?」

「每到風箏季,你們就把我店裡的東西搜刮一空。但是有差嗎?什麼顏色的風箏都能飛,不是嗎?」

「可是我不是要做風箏。我要做人生第一顆熱氣球。我的第一顆熱氣球必須是全天下最漂亮的一個。」

沒有時間可以浪費了。到奇古.佛朗哥的雜貨店要花好久。

「我買了。」

有了好看的色紙就不一樣了。我搬了一把椅子到桌子旁邊,扶路易國王站上去,這樣他才看得到。

「安靜點,好嗎?這個很難弄。等你長大了,我免費教你怎麼弄。」

天黑得很快,我們還在東摸西弄。工廠鈴響了,我得快點才行。珍珍已經把盤子擺到餐桌上了。她喜歡先把我們餵飽,之後大人才能好好吃飯。

「澤澤！路易！」

她吼得超大聲，好像我們遠在穆倫多[3]。我把路易扶下來，跟他說：

「你先過去。我馬上來。」

「澤澤！快點，不然你就麻煩大了。」

「來了！」

我們家的花痴心情不好，一定是跟哪個男朋友吵架了，也不知是街頭那個，還是街尾那個。

簡直像是故意的，膠水就在這時乾了，麵粉黏在我的手指上，搞得我又更難弄了。

她吼得更大聲。光線暗到我什麼都弄不好。

「澤澤！」

珍珍已經忍無可忍，火山要爆發了。

「我是你的傭人嗎？過來吃飯！」

她衝進客廳揪住我的耳朵，把我拖到廚房往餐桌一丟。我也火大了。

「我不吃、我不吃、我不吃。我要把我的熱氣球弄完。」

我一溜煙跑回剛剛的地方。

珍珍氣到變成一頭怪獸。她沒有衝著我來，卻伸手到桌上去。我的熱氣球就這麼完了。她把它撕成碎片。我震驚到傻在那裡。但珍珍還不滿意，她抓住我的手和腳，把我往客廳中間一丟。

「我叫你做什麼，你就給我做什麼。」

我心裡的惡魔掙脫了。我的怒火像狂風般爆發出來。剛開始，我只回了句：

「妳知道妳是什麼嗎？妳是貝戈戈！」

她把臉湊過來，幾乎要貼到我臉上了。她的眼睛在噴火。

「有種你再說一次。」

我拉長聲音說：

「貝——戈——戈——」

她抄起五斗櫃上的皮帶，惡狠狠地往我身上抽。我雙手抱頭，轉過去背對她，但我氣到都不覺得痛了。

「臭婆娘！死三八！貝戈戈！」

她打個不停。我身上痛得像火在燒。托托卡剛好在這時進門來。她打累了，開始沒力了，他過來幫她一起打。
「打啊！打死我啊！殺人犯！等著坐牢吧！」
於是她又用力打下去，打到我都靠著五斗櫃跪在地上了。
「貝！戈！戈！」
托托卡扶我起來，把我轉過去面向他。
「住嘴。澤澤，你不能跟大姊這樣講話。」
「她就是婊子、殺人犯、妓女！」
他開始打我的臉——打眼睛、鼻子和嘴巴。尤其是嘴巴。
我得救是因爲葛洛莉雅聽到了。她在隔壁和何塞娜太太聊天，聽到吼叫聲就衝回家裡來。她像一陣狂風一樣衝進客廳。葛洛莉雅可不是好惹的。當她看到我滿臉是血，她就一把推開托托卡和珍珍，也不管珍珍是大姊。我氣喘吁吁地趴在地上，幾乎睜不開眼睛。她帶我到我房間。我沒哭，但路易國王躲到媽媽的房間去了。他嚇得哇哇大哭，因爲他們打傷我了。
葛洛莉雅咆哮起來。
「你們遲早要了他的命，冷血的禽獸！」

她扶我到床上躺下，準備去拿一碗鹽巴水。托托卡尷尬地走進來，葛洛莉雅推了他一把。

「滾開，沒用的東西！」

「妳沒聽到他罵珍珍什麼嗎？」

「他什麼也沒做。是你們兩個激他的。我出門的時候，他安安靜靜在弄他的熱氣球。你怎麼能這麼狠心，把自己的弟弟打成這樣？」

她幫我擦血的時候，我吐了一顆牙齒到碗裡。葛洛莉雅的火山也爆發了。

「看你做了什麼！沒用的東西，跟別人打架的時候你就怕了，跑來找他搬救兵。廢物！九歲了還尿床。我要讓大家都看看你的床單，還有你每天早上藏到抽屜裡的濕睡褲。」

接著，她把所有人都趕出去，鎖上房門、打開電燈，因爲天已經完全黑了。她脫掉我的上衣，坐在那裡擦我身上的血和傷口。

「我的小祖宗，很痛嗎？」

「剛剛不痛，現在很痛。」

「我會擦得很輕很輕，可憐的小東西。你得在床上趴一會兒，等乾了再穿衣服，不然衣服黏在傷口上會很痛的。」

但我的臉才眞的痛，不只是被打得很痛，也是爲那平白無故的殘暴氣到發痛。

我稍微好一點之後，她就在我旁邊躺下來，摸著我的頭。

「葛洛莉雅，妳也看到了。我什麼也沒做。如果是我活該被揍，那就算了。但我什麼也沒做。」

她用力吞了一口口水。

「最傷心的是我的熱氣球毀了。我弄得很漂亮，妳問路易就知道。」

「我相信你。一定很漂亮。別擔心，明天我就去奶奶家，買一些色紙回來。我會幫你一起做全世界最漂亮的熱氣球。漂亮到天上的星星都會嫉妒。」

「沒用的，葛洛莉雅。人生第一顆熱氣球只有一顆。這一顆沒了就再也沒有了，你也不想再做了。」

「總有一天……總有一天，我要帶你離這個家遠遠的。到時候我們去住……」

她突然停住了，一定是想到奶奶家了，但那裡也一樣是地獄。於是，她決定進入甜橙樹和我的夢想世界裡。

「我會帶你去住在湯姆．米克斯或巴克．瓊斯的牧場上。」

「但我比較喜歡弗萊德．湯姆森的牧場。」

「那我們就去那裡。」

接下來，我們姊弟就無助地、無聲地，一起掉眼淚……

雖然很想念老葡，但我連著兩天都沒去看他。他們甚至不讓我去上學，因爲怕被大家看到他們的暴行。只要臉消腫了、嘴唇也癒合了，我就可以恢復正常的生活。不上學的日子，我就和我的小弟一起坐在小拇指旁邊。我一句話都不想說、做什麼都很害怕。爸爸說我再對珍珍那樣說話，他就把我打成肉醬。我現在甚至都不敢呼吸了。最好是躲在我的甜橙樹小小的樹蔭下，看老葡給我的一大堆明星小卡，耐著性子教路易國王打彈珠。他有點笨手笨腳的，但他遲早會抓到訣竅。

我很想念老葡。他一定覺得奇怪，我怎麼都沒去找他。如果他知道我住哪，說不定還會來找我呢！我的耳朵十分想念他濃濃的葡萄牙口音，還有他叫我「tu」的方式。帕伊老師說，你得把文法學好，才知道怎麼用「tu」來稱呼別人[4]。我的眼睛渴望看到他棕色的臉龐、完美無瑕的黑西裝、總是直挺挺像剛從抽屜拿出來的襯衫領圈和格子背心，甚至想看到他的金錨袖扣。

但我很快就會好起來的。他們說小孩子好得快。

那天晚上爸爸沒出門。除了路易以外就沒別人在家，這時他已經睡著了。媽媽可能正在從城裡回家的路上。有時她在英格蘭紡織廠加班，我們只有星期天才會看到她。

我決定待在爸爸身邊，因為這樣我才不會闖禍。他坐在搖椅上，茫然地望著牆壁。他總是滿臉鬍碴，襯衫也總是髒兮兮的。可能是因為沒錢，他才沒去找朋友打牌。可憐的爸爸，媽媽得去賺錢幫忙養家，他一定很難過。拉拉已經在工廠找到一份工作了。他每天到處找工作，卻總是垂頭喪氣地回家來，心裡一定很難過。他聽到的回覆總是：「我們需要年輕一點的人手。」

我坐在門前的台階上，數著牆上的白色小壁虎，不時偷看爸爸一眼。

上次我看他這麼傷心是在聖誕節早上。我得為他做點什麼才行。或許我可以唱歌給他聽。輕輕地唱就好，他聽了一定會開心一點。我想了想有什麼歌可唱，想起最近一次阿里奧瓦多先生教我的歌：〈探戈〉。這是我這輩子聽過最美的歌之一了。我輕輕唱了起來：

今晚我要一個裸女
我要她一絲不掛
我要她在滿月的月光下
我要她的身體只屬於我……

「澤澤！」
「有！我在這裡。」
我一骨碌站了起來。爸爸一定很喜歡，所以想叫我過去唱給他聽。
「你唱什麼？」
我又唱了一次。

今晚我要一個裸女……

「誰教你的？」

他的眼裡發出一道冷光，像是快要抓狂的樣子。

「阿里奧瓦多先生教我的。」

「我說了不准你再靠近他。」

他才沒說過這種話。而且，我覺得他連我是阿里奧瓦多先生的小幫手都不知道。

「那是一首流行歌。」

「再唱一次。」

今晚我要一個裸女……

一個巴掌搧到我臉上。

「再唱一次。」

今晚我要一個裸女……

一巴掌接一巴掌搧了過來。眼淚出乎意料從我的眼睛飆了出來。

「唱啊，繼續唱。」

今晚我要一個裸女……

我的臉動也動不了，只能定在那裡，被爸爸搧過來又搧過去。我的眼睛會張開一下，但又被打得閉起來。我不知道到底該住嘴，還是該聽話繼續唱……但在疼痛中，我下了一個決定。這就是我最後一次挨揍，以後我死也不要再挨揍了。

他停下來叫我再唱一次的時候，我不唱了，只是很不尊敬地看著他說：

「殺人犯！再打啊！殺了我啊！等著坐牢吧！」

這時他才火冒三丈地從搖椅上站起來，解開腰上那條有兩個金屬環的皮帶，開始連珠炮般破口大罵，說我如果就是這樣跟自己的爸爸說話的，那我比狗還不如、一點用也沒有、活著只是浪費空間。

他像甩鞭子一樣，把皮帶往我身上抽，感覺像有一千根手指打遍我全身。我倒在地上，在牆角縮成一團，心想他一定會打死我的。葛洛莉雅趕過來時，我還沒昏過去。唯一一個跟我一樣金頭髮的葛洛莉雅。沒人敢動她一根寒毛的葛洛莉雅。她抓住爸爸的手，阻止他打我。

「爸爸、爸爸，打我吧！看在老天的份上，別再打他了。」

他把皮帶往桌上一丟，兩隻手摀著臉哭了起來。爲他自己哭，也爲我哭。

「我氣瘋了。我覺得他在侮辱我。給我難看。」

葛洛莉雅從地上抱起我的時候，我昏了過去。

醒過來之後，我發燒了。媽媽和葛洛莉雅在我床邊，溫柔地哄著我。客廳裡好多人走來走去，就連奶奶都被叫來了。我全身上下每分每秒都在痛。後來我才知道他們本來想叫醫生，但被醫生看到我們家這個樣子可不好。

葛洛莉雅端來一碗她熬的濃湯，想餵我喝幾口。但我連呼吸都很困難，更別說要把湯吞下去了。我唯一想做的就是睡覺。而且，每次睡著又醒來，疼痛就減輕了一點點。但媽媽和葛洛莉雅還是一直守著我。媽媽坐在床邊守了我一夜，天空露出第一道曙光時，她才起身去準備上班。出門前，她過來跟我說再見，我抱住她的脖子。

「沒事的，兒子，明天就好了。」

「媽媽……」

我喃喃地說出我這輩子最重的控訴。

「媽媽，妳不該生下我的。我就該跟我的熱氣球一樣……」

她傷心地摸著我的頭髮。

「不管是什麼樣的人，沒有人不該被生下來，你也一樣。只不過……澤澤，你有時候太皮了。」

---

1 通常為手工製作，用特殊的紙和鐵絲骨架做成，底部的開口處有一塊吸飽易燃液體的海綿或紗布，用來點火，藉熱氣飛上空中。巴西民間有施放熱氣球的競賽活動，有冠軍級的巨型熱氣球和職業選手，但由於容易造成森林大火、房屋毀損、破壞農地、動物死傷，尤其是在乾季的時候，故巴西官方已於一九九八年起禁止相關活動。

2 譯註：本書故事中的苦命人酒吧（botequim do Miséria e Fome）是兼賣雜貨的複合式小店，像這樣的 botequim 或 boteco 為巴西早期常見的店鋪形式，除了販售日用雜貨，也是一個可以喝點小酒、吃點東西的交誼場所，現今發展為以酒飲為主的酒吧。

3 譯註：澤澤住在班古區，穆倫多（Murundu）位於班古區東邊的米蓋爾神父區（Padre Miguel）。

4 譯註：葡萄牙語的「tu」類似於中文的「你」，用於熟人之間或對小朋友說話時；「você」則類似於「您」，用於對陌生人或長輩、老闆說話時。

第五章

一個奇怪但誠懇的請求

我養了一星期的傷才好全。令我難過的不是皮肉痛，也不是挨了兩頓揍。家裡每個人都開始對我很好，好到有點怪怪的。但有什麼不見了，那是一件很重要的東西，一件可以讓我回到原來的我、重新相信人心善良的東西。我變得很安靜、很冷淡，成天只是坐在小拇指旁邊，茫然望著周遭的一切。我沒跟小拇指說話，也沒聽他說故事，頂多只是讓我的小弟和我坐在一起。我會跟路易玩他很愛玩的糖麵包山纜車，讓他把無數個鈕扣車廂推上推下，推個一整天也不膩。我無比溫柔地看著他玩，因爲我小時候也跟他一樣愛玩這個遊戲。

葛洛莉雅對我的沉默很擔心。她會把成堆的明星小卡和一大袋彈珠放在我旁邊，但有時我連動都不想動。我也不想去看電影或擦鞋子。坦白說，我心裡的痛過不去。那是一隻小動物遭到毒打卻不明白爲什麼的痛。

葛洛莉雅問起我的想像朋友。

「不在這裡。他們去很遠的地方了。」

我指的是弗萊德·湯姆森一夥人。

但她不知道在我心裡發生的革命，不知道我做了一個決定。我要換別的電影。我受夠西部牛仔和印第安人了。從今以後，我只想看大家抱來抱去、親來親去、愛來愛去的愛情片。因爲我自己只有挨揍的份，但我至少可以看別人相親相愛吧。

終於可以上學的那一天，我出門了，但沒去學校。我知道老葡大概在「我們的」車上等了一星期，可能等到都放棄了。自然得等我告訴他，他才會重新開始去等我。我都沒出現，他一定很擔心。但就算他知道我病了，他也不會來找我。我們說好了的，他和我的友誼只有天知地知你知我知，這是我們的祕密約定。

那輛漂亮的車子就停在甜點店前面、火車站對面。喜悅的光芒穿透了陰霾。我的心迫不及待要飛奔過去。我要見到我唯一一個眞正的朋友了。

但這時悅耳的笛聲在火車站迴盪，讓我起了一陣雞皮疙瘩。是曼加拉蒂巴特快車，傲視群雄的鐵路之王。它飛快地開了過去，車廂發出空隆空隆的聲響，場面好不壯觀。窗前的人望著窗外，每位旅客都很開心。小時候我喜歡看曼加拉蒂巴特快車開過去，我會對著它不停揮手，直到它消失在地平線上。現在換路易來到這個階段了。

我在甜點店裡四處張望了一下，他就坐在最裡面的那張桌子，從那個位子可以看到有誰進來了，但他剛好看著別的地方。他穿著那件漂亮的格子背心，沒穿外套，乾淨的襯衫潔白的袖子露了出來。

我突然覺得很虛弱，腳軟到都快走不過去了。拉吉斯羅先生叫他看。

「老葡，看看誰來了。」

他慢慢轉過頭，笑容在他臉上綻開。他張開雙手抱住我，抱了好久好久。

「我的直覺告訴我，你今天會來。」

接著，他看了我好久。

「所以，你這陣子都跑哪去了？」

「我病得很重。」

他拉出一把椅子。

「坐。」

他彈了彈手指，叫服務生過來。服務生已經知道我愛吃什麼了。但當他把點心和蘇打水放在我面前時，我碰都沒碰，只是頭靠手臂趴在桌上，一動也不動，覺得很無力、很傷心。

「你不想吃嗎？」

我沒回話，老葡就抬起我的臉來。我緊咬嘴唇，眼裡都是淚。

「怎麼回事？小朋友，快跟你的老朋友說說。」

「不行。不能在這裡說。」

拉吉斯羅先生搖搖頭，一副他也弄不明白的樣子。

我決定要開口說點什麼。

「老葡，那輛車還是『我們的』嗎？」

「是啊。你還懷疑嗎？」

「可以帶我去兜風嗎？」

我的請求讓他吃了一驚。

「當然可以，你想去的話。」

他看到我的眼淚快掉出來了，所以他拉著我的手臂，帶我到車子那裡，把我抱上副駕駛座。

他回去付帳，我聽到他對拉吉斯羅先生和其他人說：

「這孩子家裡沒人理解他。我從沒見過一個這麼敏感的小孩。」

「說實在的，老葡，你眞的很喜歡那個小兔崽子。」

「比你想像的還喜歡。他是一個很棒、很聰明的小傢伙。」

他回到車上坐下。

「你想去哪兜風？」

「我只想離開這裡。我們可以開到去穆倫多的那條路就好，那條路在附近而已，不會用太多汽油。」

他笑了。

「你這個年紀就懂大人的問題，會不會太早了？」

我們家太窮了，小小年紀就得學會不要浪費。什麼都要錢。汽油是很貴的。

短短的路程上，他什麼也沒說，讓我自己冷靜冷靜。但當一切都被我們的車子拋在後頭，眼前的景色變成一大片綠油油的美麗田野時，他停下車子，看著我笑了笑。他對我的好足以彌補全世界的不好。

「老葡，看我的臉。不，不是看臉，看我的豬鼻子。家裡的人說，我長了個豬鼻子，因爲我不是人，是畜生，是土著，是惡魔的孩子。」

「我還是比較想看你的臉。」

「是嗎？那你好好看看。看看被打的地方還腫不腫。」

老葡的眼裡滿是心疼。

「但他們爲什麼要打你呢？」

我一五一十地把事情經過告訴他，沒有誇大任何一個細節。說完之後，他的眼睛濕濕的，沉默了一會兒。

「但把一個這麼小的小孩打成這樣是不對的。我的老天爺，你還不滿六歲呢！」

「我知道爲什麼。因爲我一點用也沒有。我很壞，所以每年聖誕節都會發生一樣的事情：惡魔寶寶一次又一次在我心裡誕生，從來沒有一次是耶穌寶寶！」

「胡說！你可能有點皮，但一樣是個小天使……」

我心裡又冒出一樣的念頭。

「我很壞，媽媽不該生下我，那天我也跟媽媽這樣說。」

他第一次講話結巴起來。

「你不該說這種話。」

「我想找你出來再說，因爲我要說的事很重要。我知道爸爸這年紀找不到工作很傷腦筋。我也知道他一定很難過。媽媽天沒亮就要去上班，幫忙補貼家用。她戴著護腰在英格蘭紡織廠織布，因爲她在搬一箱線軸的時候傷到腰了。拉拉長大了，雖然她很用功讀書，但還是得去工廠工作……我們家眞的太慘了。但爸爸也不用這樣打我吧！聖誕節那天，我跟他保證說，以後他愛怎麼打我就怎麼打我，但這次眞的太過分了。」

他不敢置信地望著我。

「我的老天爺！年紀這麼小的小孩，怎麼懂得擔心這些大人的問題？我從沒見過這種事！」

他收起一點他的情緒。

「我們是不是朋友？好，那我們就來個男人之間的對話。雖然……坦白說，有時候跟你談一些事情會讓我起雞皮疙瘩。首先，你不該對你姊姊說髒話。事實上，你不該對任何人說髒話，明白嗎？」

「可是我還小，他們打我，我又不能打回來，只能罵髒話。」

「你知道那些髒話的意思嗎？」

我點頭。

「那你就不可以也不應該說髒話。」

我們沉默了一下。

「老葡。」

「怎麼樣？」

「你不喜歡我說髒話嗎？」

「不喜歡。」

「那好吧，如果我沒死，我保證以後都不會再說一句髒話了。」

「很好。但什麼叫做如果你沒死？」

「等我們聊到那裡，我再告訴你。」

我們又沉默下來。老葡在想事情。

「小朋友，既然你信任我，有件事我也想知道。那首〈探戈〉，你知道自己在唱什麼嗎？」

「不騙你，我不太知道。我學起來了，因爲我什麼都學，因爲那是一首很好聽的歌。我沒在想歌詞的意思。但他打我打得太過分了，老葡。可是沒關係……」

我吸了吸鼻子。

「我要殺了他。」

「什麼？孩子，你要殺了你爸爸？」

「沒錯，而且已經開始了。我不是要拿巴克．瓊斯的手槍把他ㄅㄧㄤˋㄅㄧㄤˋ。不是這個意思。你可以在心裡殺死一個人。不再愛他。有一天，他就會在你心裡死掉。」

「瞧瞧你的小腦袋瓜都裝了什麼。」

他的語氣充滿藏不住的感情。

「但你不是也說過要殺掉我嗎？」

「那是一開始的時候，但後來我倒帶回去了。你先在我心裡死掉，接著又活了過來。老葡，你是唯一一個我喜歡的人。我只有你一個朋友。不是因爲你給我明星小卡、蘇打水、糖果和彈珠……我發誓我說的是眞的。」

「可是大家都很愛你啊。你媽媽愛你，就連你爸爸也是愛你的。你的姊姊葛洛莉雅、路易國王……還有，你忘記你的小甜橙樹了嗎？小拇指……你叫他什麼來著？」

「親愛的。」

「所以……」

「現在不一樣了，老葡。事實上，小拇指就只是一棵樹，甚至不會開花……但你可不只是一棵樹。你是我的朋友。這就是我爲什麼請你用我們的車載我出來兜風，因爲它很快就會變成你一個人的車了。我是來說再見的。」

「說再見？」

「對。你看，我什麼都做不好。我受夠被打、被揪耳朵了。我不要當家裡要養的另一口人……」

我的喉嚨好像打結一樣難受。我需要勇氣說完剩下的話。

「你要逃家嗎？」

「不是。我想了整整一星期。今天晚上，我就要衝到曼加拉蒂巴特快車底下。」

他什麼也沒說，只是緊緊抱住我，用只有他知道的辦法安慰我。

「不。看在老天的份上，別說這種話。憑你這聰明的小腦袋瓜，你還有大好人生要過。說這種話是不對的！我不准你再這麼說，也不准你再這麼想。我怎麼辦？你不喜歡我嗎？如果你眞的喜歡我，那就不該說這種話。」

他放開我，看著我的眼睛，用手背擦掉我的眼淚。

「小朋友，我非常、非常喜歡你，比你想的還喜歡。來吧，笑一個。」

我笑了笑。他說的話多少讓我放寬心一點了。

「你很快就會忘了這件事。你會成爲街坊上的風箏之王、彈珠之王、跟巴克・瓊斯一樣強的牛仔……對了，我有個主意，想知道是什麼嗎？」

「想。」

「這星期六，我不用去恩坎塔杜[1]看我女兒。她要跟她老公去巴科塔島[2]玩幾天。因爲最近天氣不錯，我在想要不要去關杜河[3]釣魚。我沒有釣友，你想不想跟我去呢？」

我的眼睛一亮。

「你要帶我去嗎？」

「嗯哼，如果你想去的話。如果你不想，那也不是非去不可。」

我的答覆是撲上去抱住他的脖子，把我的臉貼上他刮得沒有一點鬍碴的臉。我們都笑了，悲劇開始變成喜劇了。

「我知道一個很漂亮的地方。我們可以帶東西去野餐。你喜歡什麼？」

「我喜歡你，老葡。」

「我說的是臘腸、雞蛋、香蕉……」

「都喜歡。在我們家，我們學會什麼都喜歡，有得吃就好。」

「那，現在可以回去了嗎？」

「想到要去釣魚，只怕我晚上都睡不著覺了。」

但有一個很嚴重的問題，爲我們的快樂蒙上了陰影。

「一整天都不在家的話，到時候你怎麼跟家裡說呢？」

「我會編出個理由的。」

「萬一你被抓到了呢？」

「到這個月底爲止，沒人可以打我。這是他們答應葛洛莉雅的。葛洛莉雅可不是好惹的。她是家裡唯一一個跟我一樣金頭髮的小孩。」

「眞的？」

「眞的。一個月之後，等我『康復』了，他們才可以打我。」

他發動引擎，開始往回開。

「所以，跟我保證你以後再也不提那件事了？」

「哪件事？」

「曼加拉蒂巴特快車的事。」

「我好一陣子都不會再想那件事了……」

「很好。」

後來我從拉吉斯羅先生那裡聽說，即使我已經保證過了，老葡那天晚上還是很晚才回家，他一直等到最後一班曼加拉蒂巴特快車開走。

一路上都很美。雖然路不寬，也不是柏油馬路，路面上甚至什麼都沒鋪，但光是樹木和田野就看得我眼花撩亂，更別提還有明亮的太陽和晴朗的藍天。奶奶有一次說快樂就是「在心裡發光的太陽」，而心裡的太陽會用快樂點亮一切。如果奶奶說的是眞的，那現在就是我心裡的太陽把一切都變美了。

車子噗噗噗地往前開，開得不慌不忙。我們又東扯西聊起來，似乎就連車子都想聽我們聊天。

「所以，跟我在一起的時候，你不吵不鬧、很有規矩，跟你的老師在一起的時候也是——再說一次，她叫什麼來著？」

「西西利亞．帕伊。你知道她的一隻眼睛有一個白色的小點點嗎？」

他笑了出來。

「你說帕伊老師不會相信你在校外闖的禍。還有，你對你的小弟很好，對葛洛莉雅也很好。所以，你覺得爲什麼你在不同的人面前這麼不一樣呢？」

「我也不曉得。我只知道反正我做什麼都會變成災難。整條街都知道我是個災難。就像是惡魔乾爹在我耳邊叫我做這做那，不然我也不會做出那麼多伊吉蒙督叔叔說的『潑猴做的事』。你知道我有一次對伊吉蒙督叔叔做了什麼嗎？我沒跟你說過吧？」

「沒有。」

「嗯嗯，那已經是半年前的事了。死老頭從北方弄來一個吊床，寶貝得不得了，都不讓我們坐在上面盪鞦韆……」

「你剛剛說什麼？」

「呃，老先生很寶貝那個吊床。睡完午覺之後，他就把它捲起來夾在胳肢窩底下，像是怕我們會去偷一樣。然後呢，有一天我去奶奶家，她沒看到我進門。她一定是把眼鏡推到鼻尖去看分類廣告了。我走到外面，看了看芭樂樹，但都沒看到半顆芭樂。接著我就看到伊吉蒙督叔叔躺在吊床上。吊床掛在籬笆和一棵橙子樹的樹幹上，他打呼打得像豬一樣，嘴巴都張開來了。他的報紙掉在地上。惡魔乾爹又對我說話了。我看到他的口袋有一盒火柴。我不聲不響地撕了一截報紙，把剩下的報紙堆成一堆。我自己做了一個火種，用火柴點燃，火就在他的……」

我停了一下，很認眞地問：

「老葡，我可以說『屁股』嗎？」

「這個嘛，有一點點不禮貌，不要說比較好。」

「不說屁股，那該怎麼說？」

「臀部。」

「什麼？聽都沒聽過。」

「臀部。ㄊ——ㄨㄣˊ——ㄊㄨㄣˊ，ㄅ——ㄨˋ——ㄅㄨˋ。」

「好吧。火從他的臀部底下燒起來的時候，我衝出大門，躲在籬笆外面，從籬笆上的洞偷看。他大叫一聲跳起來，把他的吊床舉高。奶奶跑出來看，罵他說：『跟你說過多少次不要在吊床上抽菸了！』看到起火的報紙時，她又碎碎唸說那份報紙她還沒讀過。」

老葡哈哈大笑起來，我喜歡看到他那麼開心的樣子。

「他們沒抓到你嗎？」

「沒人發現，我只跟小拇指說過。萬一被抓到，我就要被剁老二了。」

「剁什麼？」

「我是說，萬一被抓到，我就麻煩大了。」

他又笑了。我們看著外面的泥土路。車子開到哪裡，哪裡就掀起滾滾的黃土。

但我在想別的事情。

「老葡，你沒騙我吧？」

「騙你什麼？」

「就是……我從來沒聽人說過『他的臀部被踢了一腳』，你聽過嗎？」

他又哈哈大笑。

「你眞的太逗了。我也沒聽過。好吧，說『屁股』就好了。但我們換個話題吧，不然我很快就不知道要怎麼回你了。看看外面的風景，你會看到越來越多的大樹，我們快到河邊了。」

他往右轉，抄了一條近路。車子開啊開啊，開到一片空地上停下。那裡只有一棵大樹，底下長著巨大的樹根。

我興奮得拍手。

「眞漂亮！好漂亮的地方！下次看到巴克．瓊斯，我要跟他說，他的牧場和大草原跟我們這裡沒得比。」

他摸摸我的頭髮。

「這就是我想看到的，你永遠都要保持這個樣子，小腦袋瓜裡裝著美夢，不要有想不開的念頭。」

我們下了車，我幫忙把東西搬到樹蔭下。

「老葡，你都自己一個人來這裡嗎？」

「大部分都是。看到了嗎？我也有棵樹。」

「叫什麼名字？老葡，如果你有一棵這麼大的樹，那你一定得給它取個名字。」

他想了想，笑了笑，又想了想。
「這是我的祕密，但我告訴你，她叫卡羅塔女王。」
「那她會跟你說話嗎？」
「不會耶。因爲女王從來不會直接跟她的臣子說話，但我總是叫她『女王陛下』。」
「『臣子』是什麼？」
「臣子是聽女王命令的人。」
「我是你的臣子嗎？」
他發出爽朗的笑聲，小草都抖動起來。
「不是，因爲我不是國王，也不對人下命令。我如果要你做什麼，都會用『請』的。」
「但你可以當國王，你長得就是一個國王的樣子。所有的國王都跟你一樣胖。紅心K、黑桃K、梅花K、方塊K，老葡，撲克牌上的每個國王都跟你一樣好看。」
「好了好了，我們走吧。一直東扯西聊是釣不到魚的。」
他拿出一根釣竿和滿滿一罐子的小蟲，然後脫掉鞋子和背心。沒了背心，他看起來又更胖了。他指著河水。

「你可以在這裡玩，這裡水很淺，但不要到另一邊，因爲那邊水很深。現在，我要到那邊去釣魚。如果你要跟我過去，那就不能說話，不然魚會游走的。」

我留下他一個人坐在那裡，自己去玩、去探險。這條河眞美。我泡了泡腳，看一堆青蛙在水裡跳來跳去，看水流把泥沙、小石子和葉子帶走。我想到葛洛莉雅。

小花對河水說
別帶我走！別帶我走！
我生在山上……
到了海裡只會死去

湍急的河水卻冷冰冰地
發出嘲諷的歌聲
帶走泥沙和石子
也捲走了小花

在我的搖籃裡搖啊搖
在我的樹梢上搖啊搖
最清澈的露珠
從蔚藍的天空落下！[4]

葛洛莉雅說的對。這首詩是世上最美的東西了，可惜不能跟她說我親眼看到這首詩活生生的樣子。不是小花，而是從樹上掉下來的小葉子，跟著河水流向大海。不知道這條河是不是也流向大海呢？我可以去問老葡。不。不行。我不能打擾他釣魚。

但他只釣到兩條，我有點替他難過。

太陽當空高掛。我和天地萬物盡情玩耍、大聊特聊，玩得滿臉通紅。老葡就在這時來叫我了，我像隻羊咩咩一樣蹦蹦跳跳過去找他。

「小朋友，你怎麼渾身髒兮兮的？」

「我玩了很多遊戲，躺在地上玩、在河邊潑水玩……」

「我們來吃東西吧，但渾身髒兮兮的不能吃東西。把你的衣服脫下來，拿到那邊水很淺的地方洗一洗。」

我猶豫了一下，不確定該不該照做。

「我不會游泳。」

「不用游泳啊。沒關係，我就在旁邊看著。」

我站在原地不動。我不想讓他看到一道道挨打的痕跡和傷疤。

「別跟我說你不好意思在我面前脫衣服。」

「不。不是那樣。」

我沒有選擇，只好轉過去背對他，開始脫衣服。先脫上衣，再脫吊帶和褲子。

我把這些都丟到地上，然後轉回去面對他，用眼神發出無聲的哀求。他什麼也沒說，但他的眼裡滿是憤怒與震驚。

他只是喃喃地說：

「如果很痛的話，就別到水裡去。」

「已經不痛了。」

我們吃了雞蛋、香蕉、麵包和只有我喜歡的芭樂乾。我們到河邊，從河裡舀水喝，再回到卡羅塔女王的樹蔭下。

他正要坐下來，但我請他先不要。

我一隻手按在胸口，對卡羅塔女王說：

「女王陛下，臣子曼努耶爾．瓦拉達利斯先生和阿平納杰族最偉大的戰士……我們要坐在陛下的腳邊。」

我們笑成一團，坐了下來。

老葡把他的背心鋪在樹根上躺了下去，說：

「午睡時間到囉！」

「可是我不想睡。」

「不管你想不想。淘氣的小傢伙，我不能讓你自己亂跑。」

他一隻手按著我的胸口，讓我跑不掉。我們躺了好久，看著雲朵從樹梢飄過。

時候到了。我如果現在不說，就永遠也不會說了。

「老葡！」

「嗯？」

「你睡著了嗎？」

「還沒。」

「在甜點店，你跟拉吉斯羅先生說的是眞的嗎？」

「我跟拉吉斯羅先生在甜點店說了很多話耶。」

「跟我有關的。我聽到了。我從車上聽到的。」

「那你聽到什麼了？」

「你說你很喜歡我？」

「我當然喜歡你啦！有什麼問題嗎？」

我翻個身，靠在他的手臂上，看著他半睜半閉的眼睛。他的臉看起來更胖、更像國王了。

「沒問題，我只是想知道，你是不是非常、非常喜歡我。」

「當然啦，傻孩子。」

他緊緊抱住我，證明他說的是眞的。

「我認眞想過了。你只有一個女兒，在恩坎塔杜那個，是嗎？」
「是啊。」
「你一個人住在那房子裡，只有兩個鳥籠陪你，是吧？」
「是啊。」
「你說你沒有孫子孫女，對嗎？」
「對。」
「而且你喜歡我，是嗎？」
「是。」
「那你爲什麼不來我家，請我爸爸把我送給你？」
他感動到坐了起來，用兩隻手捧著我的臉。
「你想當我兒子？」
「我們生下來的時候不能選擇爸爸。但如果可以選，我會選你。」
「眞的嗎？小朋友。」
「我對天發誓。這樣我們家就少一口人要吃飯了。我保證再也不說髒話，連『屁股』也不說。我會幫你擦鞋，還會幫你餵籠子裡的小鳥。我會很乖很乖，學校裡不會有比我更乖的學生了。我永遠都會乖乖的。」

他說不出話來。

「我被送走，大家都會很高興的，到時候他們就解脫了。在葛洛莉雅和托托卡中間，我還有個姊姊，但她被送給北方的一戶人家。她跟一個有錢的表親住在一起，可以上學，可以過得像樣點。」

他還是說不出話，眼裡滿是淚水。

「如果他們不肯把我送給你，你可以用買的。爸爸沒錢，他一定會答應賣了我的。如果他要收你很多錢，你可以用『分期付款』的，就像那些跟放高利貸的賈柯借錢的人……」

因爲他都沒回話，我又躺回剛剛的姿勢，他也躺了回去。

「你知道嗎？老葡，如果你不想要我，那也沒關係。我不是故意要惹你哭……」

他摸了我的頭髮好久。

「不是這樣的，孩子。不是這樣的。很多問題不是彈個手指就能解決。但我有個提議。我再怎麼想，也不能把你從爸媽身邊帶走，或把你從家裡帶走。這樣是不對的。雖然我心裡已經把你當成自己兒子了，但從今以後，我會像對待親生兒子那樣對你。」

我高興得坐起來。

「眞的嗎？」

「我可以像你一樣對天發誓。」

我做了一件我會對家人或我想對家人做的事，那就是用力親他那一團和氣的大胖臉一下。

---

1 譯註：恩坎塔杜（Encantado）為一規模約兩萬人口的市鎮，位於巴西最南端的南大河州。

2 巴科塔島（Ilha de Paquetá）位於瓜納巴拉灣（Baía da Guanabara），是一座有人居住的觀光島嶼，以渡輪與里約熱內盧相通。

3 關杜河（Rio Guandu）是里約熱內盧境內的一條河，河上的水庫為該市供應飲用水。

4 摘自巴西作家文森崎・吉・卡瓦琉（Vicente de Carvalho, 1866-1924）的詩〈河水與小花〉（A Fonte e a Flor）。

第六章 一點一點誕生的溫柔

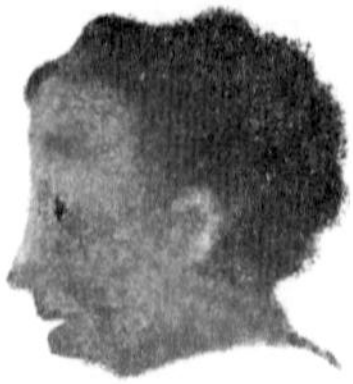

「『老葡，它們都不會說話，你也不能跟它們玩騎小豬嗎？』

「『兩個都不行。』

「『但你那時不是小孩子嗎？』

「『我是啊。但不是每個小朋友都像你這麼幸運，可以聽懂樹木說的話，況且也不是每棵樹都喜歡說話。』

「他和藹地笑了笑，又繼續說：

「『確切說來，它們也不是樹木，而是藤蔓植物。在你問我之前，我先解釋給你聽：藤蔓植物就是像葡萄那樣的植物，葡萄長在藤蔓上。它們不是樹，只是很粗的藤蔓。採收葡萄的畫面很美，工人在石槽裡踩葡萄的畫面也很美。』他解釋了一下『採收』是什麼、『石槽』[1]又是什麼。他好像懂很多，就跟伊吉蒙督叔叔一樣。

「『再跟我多說一點。』

「『你愛聽？』

「『超愛的。眞希望我能聽你說好幾公里的話。』

「『那要很多汽油耶。』

「『這個只要用想像的汽油就可以了。』

「然後，他跟我說在冬天怎麼把草變成乾草堆，還跟我說起司怎麼做。『起司』這兩個字，他說得跟我們不一樣。他把這兩個字的音樂改了很多，但我覺得聽起來更好聽了。

「他停了下來，發出長長的嘆息。

「『眞想快點回去。或許找個平靜、迷人的地方養老，在我美麗的山後省，孟雷爾附近的芙拉黛拉[2]。』

「要到這時，我才注意到老葡比爸爸還老，雖然他胖嘟嘟的臉總是亮亮的，皺紋也比爸爸少。我心裡突然有一種奇怪的感覺。

「『你是認眞的嗎？』

「這時他才注意到我的失望。

「『別擔心，傻孩子，還早呢，說不定永遠沒有這一天。』

「『那我呢？你花了好久才成爲現在這個樣子，這個我喜歡的樣子。』

「我眼裡滿是軟弱的淚水。

「『但我有時也可以做做夢吧。』

「『只是你沒有把我放進你的夢裡。』

「他對我露出了疼愛的笑容。

「『我都把你放進我夢裡耶，老葡，跟湯姆．米克斯和弗萊德．湯姆森去大草原上的時候，我幫你雇了一輛馬車，你坐馬車就不會累了。我去哪裡都有你。在學校上課，我有時會抬起頭來看，想像你在教室門口跟我招手。』

「『天啊！我從沒見過像你這麼渴望被愛的人。但你不能整顆心都在我身上，懂嗎？』」

我把這一切說給小搠指聽。小搠指比我更愛說話。

「但事實上，老葡變成我爸爸以後一直很疼我。我做什麼，他都覺得很可愛，但他心目中的可愛是另一種可愛。老葡不像其他人那樣說：『這孩子前途無量，但他再怎麼力爭上游，也永遠走不出班古。』」

我溫柔地看了看小拇指。現在我既然發現了溫柔是什麼，我就把它用在所有我喜歡的地方。

「聽著，小拇指，我要生兩打小孩，就是十二個再十二個，你懂嗎？前十二個就是小孩，沒人能動他們一根寒毛，打一下都不行。後十二個會變成大人，我要一個一個去問他們：『孩子，你長大想當什麼啊？樵夫？沒問題，喏，斧頭給你、格子襯衫給你。馴獸師？好，鞭子給你、制服給你……』」

「那聖誕節怎麼辦？這麼多的小孩，你要怎麼辦？」

小拇指眞夠奇葩的，居然挑這種時候插嘴！

「我會有很多錢啊！聖誕節我會買一卡車的堅果，有栗子，有榛果，還有核桃、無花果和葡萄乾。我會給他們好多禮物，多到可以送人或借人，跟我們的窮鄰居一起分享……我會有很多很多錢，因爲從現在開始，我想變有錢，超級有錢。我也要中樂透……」

我瞪了小拇指一眼，警告他我不喜歡被他打斷。

「讓我把話說完，還有很多個小孩要講。『所以，兒子，你想當牛仔？馬鞍和繩圈給你。你想開曼加拉蒂巴特快車？哨子和帽子給你……』」

「什麼哨子？澤澤，你整天自言自語，遲早有一天瘋掉。」

托托卡來了。他在我旁邊坐下，笑咪咪地看了看我那掛滿繩子和瓶蓋的甜橙樹。他一定有什麼目的。

「澤澤，能不能借我四托斯陶？」

「不能。」

「可是你有錢啊，不是嗎？」

「是啊。」

「就算不知道要用這些錢做什麼，你也不願意借給我嗎？」

「我要存起來，變成有錢人，這樣我才能去山後省。」

「去那裡幹麼？」

「不告訴你。」

「哼，不說就不說。」

「我不會說，也不會借你四托斯陶。」

「你那麼會打彈珠。你是神射手。明天你又會贏更多彈珠去賣，四托斯陶三兩下就賺回來了。」

「我不管。反正我不借，別來這裡找我吵架，因爲我想守規矩，不想闖禍。」

「我不是來找你吵架的。只是你本來是我最愛的弟弟，現在卻突然變成冷酷無情的禽獸。」

「我不是冷酷無情的禽獸。我是冷酷無情的原始人。」

「什麼？」

「原始人[3]。伊吉蒙督叔叔給我看過雜誌上的一張圖片。原始人是毛茸茸的大猴子，手裡拿著棍子。他們是最早的人類，生活在尼……尼什麼的山洞裡，我不記得了，因爲是外國字，而且太難了。」

「伊吉蒙督叔叔不該塞這麼多有的沒的到你腦袋瓜裡。所以，你借不借？」

「我都不知道我身上有沒有錢。」

「拜託，澤澤，有多少次我們去擦鞋，你一托斯陶都沒賺到，我把我賺的分給你？有多少次你累了，我幫你揹擦鞋箱？」

這倒是眞的。托托卡大部分都對我滿好的。我知道我最後還是會借給他。

「如果你借我，我就跟你說兩個好消息。」

我保持沉默。

「以後我都會說你的甜橙樹比我的羅望子樹還漂亮。」

「眞的？」

「說到做到。」

我把手伸進口袋，晃了晃口袋裡的硬幣。

「還有呢？」

「你知道嗎？澤澤，我們不會再窮下去了。爸爸在聖阿萊舒工廠找到當經理的工作。我們又要變有錢了……怎麼？你不高興嗎？」

「高興，我替爸爸高興。但我不想離開班古。我要去跟奶奶住。除非是去山後省，不然我不會離開這裡。」

「哦？你寧可跟奶奶住，每個月吃一次瀉藥，也不肯跟我們走？」

「對，而且我永遠也不會告訴你爲什麼……另一個好消息是什麼？」

「我不能在這裡告訴你。被『某人』聽到就不好了。」

我們走到戶外廁所那邊，但就算走遠了，他也說得很小聲。

「我得警告你，澤澤，你必須習慣一下。市政府要拓寬馬路。他們要把所有的水溝填掉，還要用到後院的空間，到時候大家的後院都要給政府。」

「所以呢？」

「你那麼聰明，怎麼不懂呢？拓寬馬路的時候，他們要把後院全部挖掉。」

他朝我的甜橙樹那裡指了指。我垮下臉來，大聲說：

「騙人！托托卡，你騙我的吧？」

「你不必那種表情。還要很久才會開始施工。」

我的手指緊張地數著口袋裡的硬幣。

「托托卡，你騙我的吧？」

「沒騙你。我對天發誓。但你是不是男子漢？」

「我是。」

眼淚還是沿著我的臉頰流了下來。我抱住他的腰求他。

「你跟我是不是一國的？托托卡，我要找很多人去抗議。沒人可以砍掉我的小甜橙樹。」

「那好吧，我們一起去抗議。現在你可以借我錢了嗎？」

「你要錢幹麼？」

「班古電影院不准你去以後，他們開始放一部泰山[4]電影，等我看過就說給你聽。」

我一邊從口袋裡摸出五托斯陶給他，一邊用袖子擦掉眼淚。

「多的就留著吧。你可以買零食吃。」

我回去找小拇指，但我不想說話了。我只想著泰山電影，其實我前一天就看過了。我跟老葡說的時候，他問我：

「你想去看嗎？」

「想。但班古電影院不准我進去。」

我提醒他原因是什麼。他哈哈大笑。

「你的小腦袋瓜是不是在打什麼鬼主意？」

「我發誓，老葡，我覺得如果有個大人陪我去，就不會有人說什麼了。」

「如果那個大人是我……這是不是你想說的？」

我的臉開心得亮了起來。

「但我得去工作賺錢啊，孩子。」

「這個時間電影院裡都沒人。比起在車上聊天或打瞌睡，你可以看到泰山大戰花豹、鱷魚和猩猩。你知道泰山是誰演的嗎？法蘭克・麥瑞爾[5]。」

但他還是很猶豫。

「詭計多端的小壞蛋，什麼都想好了。」

「才兩個小時而已。你已經很有錢了，老葡。」

「那就去吧。但我們走路過去，我的車就停在這裡。」

所以我們就去看電影了，但售票亭的小姐說她接到嚴格的命令，一年內不准我進去。

「我會負責看好他。之前的事是之前的事，他現在懂得守規矩了。」

售票小姐看看我，我衝著她笑一笑，還親了一下我的手指，送了個飛吻給她。

「聽好了，澤澤，你要是闖出什麼禍，我的工作就沒了。」

我是瞞著小拇指去看電影的，但在他面前，我的祕密總是瞞不了太久。

1 傳統上，採收來的葡萄堆在石槽裡，工人會在石槽中光腳踩踏葡萄，將皮去掉，也把汁榨出來。

2 拉黛拉（Folhadela）位於葡萄牙的山後省（Trás-os-Montes）。

3 troglodita，石器時代的史前人類。在這裡用來表示殘忍或野蠻的意思。

4 泰山（Tarzan）是美國作家艾格·萊斯·布洛斯（Edgar Rice Burroughs, 1875-1950）虛構的人物，啓發了相關的漫畫和影視作品。在布洛斯的故事中，泰山是一位英國領主的兒子，但父母雙亡，由大猩猩養大，後來成為森林之王。

5 Frank Merrill（1903-1955），美國影星和特技演員，演過一九二八年和一九二九年的兩部泰山電影。

第七章
曼加拉蒂巴特快車

帕伊老師問有沒有人要到黑板上寫造句時，沒人敢上台，但我想到可以寫什麼就舉手了。

「澤澤，想上台嗎？」

我站起來走到黑板前面時，聽到她說：

「看到沒？全班年紀最小的同學。」

我聽了忍不住覺得很驕傲。就算連黑板一半的地方都搆不到，我還是拿起粉筆，以最端正的字體寫下：

「只剩幾天就放假了。」

我看看帕伊老師，想確認我有沒有寫錯字。她笑得很開心。她的桌上放著那個空杯子。空的，但就像她說過的，裡面有一朵想像的玫瑰。可能因爲帕伊老師長得不漂亮，所以沒什麼人送她花。

我回到我的座位，爲我寫的句子高興，因爲接下來放假就可以常常見到老葡了。

其他人搶著舉手想到台上寫造句，但我才是帶頭的英雄。

有個遲到的人喊報告要進教室，是傑洛尼姆。他跌跌撞撞地跑進來，直接坐在我後面，砰一聲把課本放下，跟他旁邊的人說了什麼。我沒注意聽，因爲我想專心上課，成爲一個有智慧的人。但在他們小小聲的談話中，有個東西吸引了我的注意。他們在說曼加拉蒂巴特快車。

「它撞到那輛車了？」

「就是曼努耶爾．瓦拉達利斯的車，很漂亮的那台車。」

我震驚地轉過去。

「你說什麼？」

「我說在西達街的平交道，曼加拉蒂巴特快車撞上那個葡萄牙人的車了，所以我才遲到的。火車把汽車撞得稀巴爛。好多人圍過去看。他們還打給希爾林戈的消防隊。」

我眼前發黑，渾身冒冷汗。

傑洛尼姆繼續回答隔壁同學的問題。

「我不知道他是不是死了。他們不讓小朋友靠近。」

我茫然地站了起來，覺得很想吐，全身都在冒冷汗。我離開我的座位，朝教室門口走了過去。帕伊老師過來攔我，但我甚至都沒察覺她臉上的表情。她可能看到我臉色發白吧。

「澤澤，怎麼了？」

但我沒辦法回話，淚水湧上我的眼睛。接著，我猛一回神，拔腿就跑，顧不得校長室，只顧跑到街上去，也忘了過馬路要小心，什麼都忘了，只想跑跑跑，一直跑到那裡爲止。我跑到胃都痛了，但我的心更痛。我一口氣跑過卡斯尼亞斯街，來到甜點店，看了看停在那裡的車子，想看看傑洛尼姆有沒有騙人。但我們的車不在那裡。我大吼一聲，又跑了起來。拉吉斯羅先生強壯的手臂把我抓住。

「澤澤，你要去哪裡？」

我滿臉是淚。

「去他那裡。」

「你不用過去。」

我瘋狂掙扎但無法掙脫。

「冷靜點，孩子，我不會鬆手的。」

「所以曼加拉蒂巴特快車眞的撞死……」

「沒有。救護車已經來了。只是撞壞車子而已。」

「你騙人。」

「我爲什麼要騙人？我有沒有坦白說火車撞到車子了？所以，等醫院開放探病，我就帶你去看他。我保證。現在先來喝杯蘇打水吧。」

他拿出一條手帕幫我擦汗。

「我要吐一下。」

我靠著牆壁吐，他幫忙扶著我的頭。

「好點了嗎？」

我點點頭。

「我送你回家，好嗎？」

我搖搖頭，暈頭轉向地慢慢走開。我知道眞相。殘忍無情的曼加拉蒂巴特快車。它是最強大的火車之王。我又吐了幾次。沒人在乎。沒人理我一下。在這個世界上，我已經一個人也沒有了。我沒回學校，只是跟著我的心一直走，走幾步就吸吸鼻子，用制服擦臉。我再也見不到老葡了。他不在了。再也見不到了。我走了又走，停在他讓我叫他老葡、還讓我玩騎小豬的那條路上。我坐在一棵樹底下，全身縮成一團，臉埋在膝蓋上。

我突然脫口而出說了一大串話。

「耶穌寶寶，祢很壞。我以為這次祢會對我好一點，結果祢居然做出這種事？祢就不能像喜歡其他小朋友一樣喜歡我嗎？我一直很乖，沒打架，沒說髒話，回家功課都做了，連『屁股』都不說了。祢為什麼要這樣對我？耶穌寶寶，他們要砍掉我的橙子樹，我甚至都沒有鬧脾氣，只哭了一下下而已……可是現在……現在……」

我哇哇大哭起來，連自己都嚇了一跳。

「我要老葡回來，耶穌寶寶，把我的老葡還給我……」

這時，有一個很輕、很柔的聲音對我的心說話了。一定是我坐的那棵樹親切的聲音。

「別哭，孩子，他在天堂呢！」

天快黑的時候，托托卡找到了我。我坐在席蓮娜‧維拉斯－波亞斯夫人家門前的台階上，全身虛脫，已經吐不出來，也哭不出來了。

他跟我說話，但我能做的只有呻吟。

「怎麼了？澤澤，跟我說話。」

我只是一直低聲呻吟。托托卡摸了摸我的額頭。

「你發燒了。出什麼事了？澤澤，跟我走，我們回家吧。我扶你一起慢慢走。」

我在不停的呻吟中擠出一句話來。

「省省吧，托托卡，我不要回那個家。」

「要，你要，那是我們的家。」

「我在那個家裡什麼也沒有。一切都完了。」

他試著扶我起來，但他發現我一絲力氣也沒有。

他將我的手臂繞過他的脖子，兩手拖著我的身體走。到家後，他扶我躺到床上。

「珍珍！葛洛莉雅！大家都到哪去了？」

他去找珍珍，她在阿萊伊琪家聊天。

「珍珍，澤澤眞的病了。」

她發著牢騷回到家。

「他一定又有什麼鬼主意。只要拿拖鞋好好打他幾下……」

但托托卡不等她說完，就緊張兮兮地走進房裡。

「不，珍珍，這次他真的病了，病得快死了。」

接下來三天三夜，我什麼也不要。我燒得厲害，每次他們餵我吃東西或喝東西，我都會吐得唏哩嘩啦。我越來越虛弱、越來越虛弱，成天一動不動地躺在那裡，一連好幾小時只是望著牆壁發呆。

我聽到周圍的人在講話。他們說的我都聽得懂，但我不想回話。我一句話都不想說，只想去天堂找老葡。

葛洛莉雅換了房間，夜裡守在我身邊。她不准任何人把燈關掉。每個人都對我很溫柔，就連奶奶也來住了幾天。

托托卡也一直守在我身邊，眼睛腫腫的，時不時就對我說：

「那不是真的，澤澤，跟你說實話，我騙你的，他們沒有要拓寬馬路什麼的……」

家裡一片靜悄悄，像是死神踩著絲綢拖鞋進屋來了。沒人發出吵鬧的聲響。大家都小聲說話。媽媽幾乎整夜陪著我。但我忘不了他。忘不了他的笑聲。忘不了他說話的樣子。就連外面的蟋蟀都模仿他刮鬍子喀嚓、喀嚓的聲音。我沒辦法不想他。現在，我才真的明白什麼叫做痛。痛不是被打到昏過去。痛不是踩到玻璃碎片去藥局縫好多針。痛是我的整顆心都疼得受不了，而且還得守住這個祕密，不能告訴任何人。痛把我從頭到腳的力氣都吸走了；我的頭就擱在枕頭上，甚至都不想稍微轉一下。

情況只是越來越糟，我都瘦成皮包骨了。他們叫了醫生。弗爾哈柏醫生來家裡看我。他很快就知道原因了。

「他這是驚嚇過度，心裡受到了重創。唯有心裡的創傷好了，他才活得下來。」

葛洛莉雅帶醫生到外面，告訴他說：

「醫生，他確實受到很大的打擊。自從聽說他們要砍掉他的小橙樹，他就變成這樣了。」

「那你們就得說服他那不是眞的。」

「我們試過了，他就是不信。他把那棵樹當成人。他是個很奇特的孩子，敏感又早熟。」

我都聽到了，但我還是不想活下去。我想上天堂，而沒有人是活著上天堂的。

他們買了藥，但我還是一直吐。

這時發生了妙事，街坊上的每個人都來探望我。他們忘了我是惡魔的化身。苦命人的老闆帶了棉花糖給我。尤吉妮亞帶雞蛋過來，還爲我的肚皮禱告，保佑我不要再吐個沒完。

「保羅先生的兒子快死了。」

他們都對我說好話。

「你要好起來，澤澤，街坊上少了你和你的惡作劇太難過了。」

帕伊老師帶著我的書包和一朵花來看我，但只是惹得我又大哭了一場。

她說我就那樣衝出教室，那就是她看到我的最後一眼。

但最難過的是阿里奧瓦多先生來看我的時候。我認出他的聲音，但我假裝睡著了。

「你可以在外面等他醒來。」

他坐下來，對葛洛莉雅說：

「聽著，小姑娘，我是到處問人他住哪，一路找到這裡來的。」

他很大聲地吸了吸鼻子。

「我的小天使可不能死啊。別讓他死。小姑娘，他帶我的歌詞本回家就是要送妳的吧？」

葛洛莉雅幾乎回不了話。

「別讓我的小搭檔死掉。小姑娘，他要是有個三長兩短，我就再也不來這個被上帝遺棄的城區了。」

他進房之後坐在床邊，把我的手按在他臉上。

「聽著，澤澤，你要好起來，回來跟我一起唱歌。我什麼都賣不出去，大家都說：『喂！阿里奧瓦多，你的小金絲雀到哪兒去啦？』跟我保證你會好起來，好嗎？」

我的眼裡滿是淚水，葛洛莉雅看我又難過起來，就帶阿里奧瓦多先生出去了。

我開始好轉了，可以把食物吞下肚，而且不會吐出來。但每當一想起老葡，我就又燒得更厲害、吐得更厲害。有時，我會看到曼加拉蒂巴特快車衝過去撞上他。我忍不住一直想。我求耶穌寶寶，如果祂有那麼一丁點在乎我，拜託祂讓老葡被撞時什麼感覺也沒有。

葛洛莉雅會過來摸著我的頭。

「別哭，我的小祖宗，會過去的。你想要的話，我的芒果樹都歸你。沒人可以動你的樹。」

但我要一棵沒牙的老芒果樹幹麼？它都長不出果子來了。就連我的甜橙樹也很快就會解除魔法，變成一棵普通的樹……如果他們給這小可憐一個機會，不把它砍掉的話。

一個人要死掉是多麼容易啊！只要有一班冷酷無情的火車開過來就行了。而我要上天堂卻是那麼困難，每個人都抱著我的腳不讓我走。

葛洛莉雅的關愛和付出終於讓我開口說了點話。爸爸晚上也不出去了。托托卡很懊惱，他難過到瘦了一大圈，珍珍教訓他說：

「托托卡，一個人生病還不夠嗎？」

「妳不是我，不知道我的感受。是我告訴他的。我的胃裡連睡覺時都還感覺得到，他那張臉，哭了又哭……」

「好了，你可別跟著哭。你是個大男生了，而且他會撐過去的。現在，打起精神，去苦命人幫我買一罐煉乳回來。」

「那妳得給我錢，因爲他們不會再讓爸爸賒帳了。」

我虛弱得一直睡，都不知道現在是白天還是晚上。燒退了一點，我漸漸沒那麼激動了，身體也不抖了。

我會在昏天暗地中睜開眼睛，看見從沒離開過的葛洛莉雅。她把搖椅搬到房裡了，常常累得一不小心就在搖椅上盹了過去。

「葛洛，已經下午了嗎？」

「快下午了，我的寶貝。」

「妳想打開窗戶嗎？」

「你不會頭痛嗎？」

「應該不會吧。」

光線照了進來，我可以看到一小片美麗的天空。我看了看那片天空，又哭了起來。

「怎麼了？澤澤，耶穌寶寶賜了一塊美麗的藍天給你。他今天跟我說的……」

葛洛莉雅不知道天空讓我想到天堂。

她彎身握著我的手幫我打氣。她的臉看起來又瘦又累。

「聽著，澤澤，你要快點好起來去放風箏、贏一堆彈珠、爬樹、把小拇指當馬騎。我要看到你回到你的老樣子，去唱歌，還幫我帶歌詞本回來。有這麼多美好的事情。看到街坊上最近多難過了嗎？大家都想念你帶來的活力和歡樂。但你得幫個忙，活下去、活下去、再活下去。」

「可是我再也不想活下去了。葛洛，我好起來就又會變成壞孩子的。妳不懂。再也沒人讓我想當個好孩子了。」

「欸，你不用那麼好啊！只要當個小男生，回到你的老樣子就好。」

「回到我的老樣子要幹麼？好讓大家又來打我嗎？好讓大家可以對我很壞嗎？」

她捧著我的臉，堅定地說：

「聽著，小祖宗，我答應你一件事。等你好起來，沒人、沒有一個人，就連上帝也不能碰你一下，除非他們先踩過我冰冷的屍首！你相信我嗎？」

我點點頭。

「『屍首』是什麼？」

葛洛莉雅的臉第一次開心得亮了起來。她笑了，因爲她知道如果我對困難的生字有興趣，那就表示我恢復活下去的意願了。

「屍首就是死人的頭和身體。但我們現在或許該換個話題了。」

我也覺得聊別的比較好，但我還是忍不住想著，現在「他」已經成爲冰冷的屍首幾天了。葛洛莉雅一直說話，不斷答應我這個、答應我那個，但我現在只想著老葡的兩隻小鳥，藍色那隻和黃色的金絲雀，牠們會怎麼樣呢？說不定會像火焰頭奧蘭多的文鳥一樣，傷心過度死掉了。也說不定有人打開鳥籠的門，放牠們自由。但牠們再也不知道要怎麼飛，只會坐在橙子樹上，直到有小朋友用彈弓把牠們射下來。齊戈養不起他那些巴西腫嘴雀[1]的時候，他就把鳥舍的門打開。那些鳥的下場就是這樣，沒有一隻逃掉。

家裡的氣氛漸漸恢復正常，到處都鬧哄哄的。媽媽回去上班了。搖椅搬回客廳的老位子了。只剩葛洛莉雅還不走。除非看到我站起來，否則她絕不讓步。

「喝碗湯吧，小祖宗，珍珍殺了那隻黑毛雞，熬了雞湯給你喝。你聞聞有多香！」

說完她就對著湯匙吹氣。

你喜歡的話，可以像這樣，把麵包泡到咖啡裡吃。但喝的時候不要發出稀里呼嚕的聲音，那樣不禮貌。

「欸，又怎麼了？小祖宗，別告訴我因爲黑毛雞死了，你又想哭了。那隻雞很老了，老到都不再下蛋了。」

所以，你找到了我住的地方。

「我知道牠是動物園裡的黑豹，但我們還會再買一隻黑豹，比牠更野的。」

所以，你這陣子都跑哪去了？

「葛洛，現在不行。我要是喝下這碗湯，馬上又會吐出來的。」

「晚點喝行不行呢？」

我來不及阻止自己就脫口而出說：

「我保證守規矩，不打架，不說髒話，連『屁股』也不說，可是我想永遠和你在一起……」

他們露出一臉擔心的樣子，以爲我又在跟小拇指說話了。

一開始，只是窗戶那邊有一陣窸窸窣窣的聲音，但接著就變成敲窗的聲音。窗外傳來輕聲的呼喚。

「澤澤！」

我坐了起來，把頭靠在窗板上。

「誰？」

「是我。開窗呀！」

我不聲不響地打開窗戶，免得吵醒葛洛莉雅。一片黑暗中站著小拇指，他渾身披掛著金飾，閃亮得像個奇蹟。

「我可以進來嗎？」

「可以吧。但你小聲點，不然她會醒過來。」

「我保證不吵醒她。」

他跳進屋裡，我躺回床上。

「瞧瞧我帶誰來看你了。他堅持要跟我一起來。」

他舉起他的手臂，我看到一隻銀色的小鳥。

「小拇指，我看不清楚。」

「注意看喔，因爲你會嚇一跳。我用銀色的羽毛幫他打扮了一番。是不是很漂亮？」

「路西阿諾！眞好看。你應該永遠保持這個樣子，我還以爲你是那隻國王變成的鸛鳥[2]。」

我溫柔地摸著他的頭，原來他摸起來是這麼柔軟。我的心情澎湃洶湧，第一次感覺到就連蝙蝠也喜歡溫柔。

「看仔細點。你漏看了一些東西。」

小拇指轉了一圈，展示給我看。

「湯姆．米克斯的馬刺、肯．梅納德的帽子、弗萊德．湯姆森的手槍、理查．塔爾瑪芝的皮帶和皮靴，還有阿里奧瓦多先生借我的格子襯衫，就是你很喜歡的那一件。」

「也太帥了吧！小拇指，你怎麼弄來這些東西的？」

「他們聽說你病了，就借給我的。」

「眞可惜你不能永遠都打扮成這樣。」

我看著小拇指，擔心他可能知道自己的命運，但我什麼也沒說。

他坐在床邊，眼神溫柔又擔心，他靠過來問：

「親愛的，怎麼了？」

「小拇指，你才是親愛的。」

「那你就是親愛的二世囉！我可不可以當你的好朋友，就像你當我的好朋友一樣？」

「別說這種話。醫生叫我不要哭。」

「我也不想看你哭。我來是因爲我眞的很想你。我想看到你好起來、快樂起來。人生中的一切都會過去的。爲了證明這一點，我特地來帶你去兜風。我們一起走吧？」

「我很虛弱。」

「呼吸一點新鮮空氣就好了。我扶你從窗口跳出去。」

我們就這樣離開家裡了。

「我們要去哪？」

「去大水管上面走走。」

「可是我不想走卡巴涅瑪男爵街。我再也不要到那裡去了。」

「那我們就沿著阿索迪斯街走到底吧。」

小拇指變成一匹飛馬。路西阿諾開心地蹲在我的肩膀上。

到那裡之後，小拇指伸出他的手，幫我在粗粗的大水管上保持平衡。水管有洞的地方，水就像小小的噴泉一樣噴上來，噴濕了我們，搔得我們腳底癢癢的，很好玩。我的頭有點暈，但小拇指帶來的快樂讓我覺得自己好像好一點了，至少我的心沒那麼沉重了。

突然，我聽到遠方傳來的笛聲。

「小拇指，你聽到了嗎？」

「是火車的笛聲，在很遠的地方。」

可是有個很吵的聲音越靠越近，一陣陣的笛聲打破了寂靜。

我瞬間驚恐萬分。

「小拇指，是曼加拉蒂巴特快車，殺人犯！」

鐵軌上的車輪發出嚇人的巨響。

「爬上來這裡，小拇指，小拇指，快啊！」

因爲腳上那對閃亮的馬刺，小拇指失去了平衡。

「快啊！小拇指，把你的手給我，它想撞死你。它要你的命。它想把你撞得稀巴爛。它想把你輾成肉醬。」

小拇指才剛爬到水管上面，邪惡的火車就衝了過去，一邊發出笛聲，一邊吐出蒸汽。

「殺人犯！殺人犯！」

火車繼續衝過鐵軌，一邊發出陣陣笑聲，一邊對我們說：

「不是我的錯……不是我的錯……不是我的錯……不是我的錯……」

家裡的燈全都亮了。一張張睡眼惺忪的臉闖進我的房間。

「你做噩夢了。」

媽媽把我抱入懷裡，哄著啜泣的我。

「只是一個夢，兒子……一個噩夢。」

葛洛莉雅在跟拉拉說發生什麼事的時候，我又吐了起來。

「我聽到他喊『殺人犯』就驚醒了。他在說什麼撞死你、撞得稀巴爛、輾成肉醬……天啊，這一切什麼時候才會結束？」

但幾天後就結束了，我被判了活刑，不得不繼續活下去。一天早上，葛洛莉雅容光煥發地走進房間。我正坐在床上，爲活著難過。

「澤澤，看！」

她手裡有一朵小白花。

「是小拇指開的第一朵花。他就快長大到可以結果子了。」

我坐在那裡，摸著那朵小白花。我再也不會爲任何一件事掉眼淚了。雖然小拇指試著要用這朵花來跟我說再見，但他其實已經離開我的夢中世界，去到痛苦的眞實世界了。

「現在，我們吃點粥，然後像昨天那樣，在家裡走一走。快來吃吧，好嗎？」

路易國王就在這時爬上我的床。現在他們准他過來了，一開始他們不想惹他難過。

「澤澤！」

「怎樣？我的小國王。」

他是唯一的眞王。其他國王都是假的，紅心K、黑桃K、梅花K、方塊K，都只是被玩牌的手指摸髒的頭像。但他不會活到坐上王位。

「澤澤，我愛你。」

「我也愛你，我的小老弟。」

「你今天想跟我玩嗎？」

「想，我今天會陪你玩。你想玩什麼呢？」

「我想去動物園，再去歐洲，然後去亞馬遜叢林跟小拇指玩。」

「如果我不覺得太累，我們就全部玩一遍。」

早餐過後，葛洛莉雅開心地看著我們手牽手到後院去。她靠在門邊，鬆一口氣的樣子。我們來到雞舍之前，我轉身對她揮了揮手。她的眼裡散發著快樂的光芒，而我以我奇特的早熟，感應到她心裡的感受：感謝老天，他回到他的想像世界去了。

「澤澤……」

「嗯？」

「黑豹呢？」

既然我已經不再相信那一切，現在就很難再回去玩一樣的老遊戲了。我想跟他說：傻瓜，從來就沒有什麼黑豹，牠只是一隻黑毛老母雞，已經殺來煮湯被我吃掉了。但我只說：

「路易，現在只剩兩隻獅子，黑豹去亞馬遜叢林度假了。」

最好還是盡量保有他的想像，我自己還小的時候也信這些。

小國王睜大了眼睛。

「就是那邊那個叢林嗎？」

「別怕。牠跑得很遠，再也找不到路回來了。」

我苦笑了一下。亞馬遜叢林只是幾棵醜不啦嘰的橙子樹。

「你知道嗎？路易，我好累喔。我得回家了。明天再玩吧，到時候看你想玩纜車還是什麼都可以。」

他點點頭，跟著我慢慢回到屋裡。他太小了，不了解眞相。我不想靠近那條水溝或亞馬遜河。我不想看到解除魔法的小拇指。路易不知道那朵小白花就是我們的道別。

---

1 譯註：巴西腫嘴雀（Tié-Sangue）為南美洲巴西東部至阿根廷東北部一帶的原生鳥種，紅黑分明的鮮豔鳥羽為其顯著特色。

2 〈變成鸛鳥的國王〉是阿拉伯民間故事集《一千零一夜》中的一個故事。

第八章
老樹啊老樹

消息在天黑之前確認了。我們一家顯然又要恢復平靜了。爸爸在大家面前拉著我的手，抱我坐在他的大腿上，慢慢地搖著搖椅，免得我頭暈。

「結束了，兒子，苦日子都過去了。有一天，你也會當爸爸，你會看到男人的一生中有些時候是多麼困難，好像什麼都不對，只有沒完沒了的絕望。但現在都好了，爸爸當上了聖阿萊舒工廠的經理。過聖誕節時，你的鞋子裡再也不會沒有一件禮物了。」

爸爸暫停了一下。他這輩子永遠也忘不了那個聖誕節了。

「我們會常常去旅行。媽媽和你的姊姊們再也不用工作了。你還留著那枚有個印第安人頭像的圓牌嗎？」

我摸摸口袋，找了出來。

「嗯，我要買一隻新懷表，把這個圓牌裝上去。有一天，這隻懷表會是你的。」

老葡，你知道金剛砂是什麼嗎？

爸爸說了很多話，說個沒完。

他的鬍碴磨著我的臉很不舒服。他的舊襯衫散發的味道令我起雞皮疙瘩。我從他膝上滑下來，走到廚房門口去，坐在台階上望著後院，看天色變暗。我的心氣呼呼地抗議著：這個把我放在他腿上的男人是誰？他不是我的爸爸。我的爸爸死了，被曼加拉蒂巴特快車撞死的。

爸爸跟了過來，看到我眼裡又滿是淚水。

他幾乎是跪下來跟我說話。

「別哭，兒子。我們會有一棟大房子，後面有條眞正的小河，還有很多大樹，全都是你的。你可以做個鞦韆掛上去。」

他不懂。他不明白。沒有一棵樹能像卡羅塔女王那麼漂亮。

「你可以第一個挑你要的樹。」

我看著爸爸的腳。他的腳趾從涼鞋前面露了出來。他是一棵有著黑色樹根的老樹。他是樹爸爸。但卻是我不太了解的一棵樹。

「還有呢，他們不會那麼快砍掉你的橙子樹。到他們砍樹的時候，你已經走得遠遠的，感覺不到了。」

我抱著他的膝蓋哭。

「沒用的，爸爸，沒用的……」

只見他臉上也爬滿了淚水，我像個死人一樣喃喃說著：

「沒了，爸爸，我的甜橙樹一個多星期前就沒了。」

終章

最後的告白

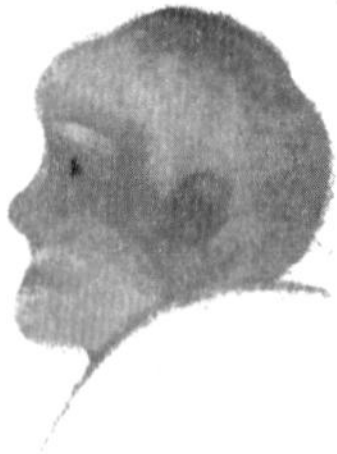

好多年過去了，親愛的曼努耶爾・瓦拉達利斯，我都四十八歲囉！有時我好想你，就像我還是個孩子一樣。我想像你隨時都可能帶著明星小卡和彈珠出現。

我親愛的老葡，是你教我什麼是溫柔。如今我是送出彈珠和明星小卡的人，因爲沒有溫柔的日子可不是好日子。有時我對自己的溫柔很滿意，但更多時候，我覺得我只是在哄自己開心罷了。

那時，在遇到你那時，我不知道多年前有個傻瓜王子跪在祭壇前，滿眼是淚地質問那些聖像：

「爲什麼他們告訴這麼小的孩子這麼多事？」

我親愛的老葡，他們眞的太早告訴我太

多事了。

再會!!

一九六七年，寫於烏巴圖巴[1]

---

1 譯註：烏巴圖巴（ubatuba）是聖保羅州的一座城市，也是巴西東南沿海的度假勝地，被譽為聖保羅州的衝浪首都。

《我親愛的甜橙樹》導讀

「每個人都是對的，只有我永遠都是不對的。」——澤澤（頁四七）

「現在，我才眞的明白什麼叫做痛。」——澤澤（頁二五六）

路易・安東尼奥・阿吉亞爾

巴西文學經典，曾改編爲電視劇、電影、舞台劇，《我親愛的甜橙樹》是標誌了一個時代的作品。一九六八年出版，這個自傳色彩強烈的故事（雖然在文學技巧上總有虛構的成分）揭露了一位已經很成熟的作家（約瑟・毛祿於一九四二年即嶄露頭角）的才華。他很清楚自己勾勒的場景和人物能爲讀者帶來什麼樣的閱讀效果。

主角澤澤六歲，生活在里約熱內盧北部一個普通的城區（可能是班古），父親失業了，一家人過得很苦，而他們口中那個搗蛋鬼成天闖禍。他拒絕服從這個世界加諸在他身上的規範。他在自己的想像世界中遨遊、玩耍、探索、發現，對大人沒禮貌，到處惡作劇，給自己惹出一堆大災小難。

爸爸和姊姊老是揍他，令他飽受身心煎熬，甚至到了想放棄生命的地步，幸好他對這世界的依戀總是戰勝自我了斷的念頭，爲生活帶來色彩的想像力救了他。然而，澤澤很快就會發現，生離死別的悲痛是無藥可醫的。

某些人可能以爲大人對這個小男孩粗暴、瘋狂又惡劣的懲罰方式是那年代的特色，一九二〇年代末期的人才這樣，但實則不然。很遺憾，時至今日，我們仍會看到一樣的現象，儘管法律對未成年人有所保障，兒童和青少年還是會遭到虐待，往往是以管教之名，今日的社會應持續關注和處理此一課題。

更驚人的是，兒童保護組織的統計數據顯示，家才是兒童最有可能遭到肢體虐待和性虐待的地方，而施虐者正是他們最愛並賴以得到保護的對象。相對而言，澤澤心地善良，像個天使，無論是他對弟弟路易的兄弟之愛，還是他對姊姊葛洛莉雅的姊弟之愛，抑或是他對「小拇指」的朋友之愛，都再再令世人著迷。小拇指是一棵像哥哥般跟他說話的橙子樹，也是一個跟他相親相愛的共犯……想像力眞是人生的魔法！曾經，老葡是個臭脾氣的孤單老人。最終，澤澤無邊的愛也打開（或啓迪）了老葡的心。

無論是《我親愛的甜橙樹》這本書或據以改編的電視劇和電影（請大家一定要去看！），還是大眾對這部作品的喜愛，都不受評論家待見，以至於這位重要的作家並未得到應有的肯定。一樣的忽視也發生在其他贏得讀者和視聽大眾喜愛、卻不受評論家青睞的作者身上。

然而，約瑟・毛碌・吉・瓦斯康賽魯斯眾多的作品都是文學創作的典範，尤其是他筆下那些切實反映巴西社會的場景和形形色色的人物。像這樣的文學作品當然不是要追求二十世紀典型的形式創新，而是要喚起讀者的共感與共鳴。在文化史和文學史上的不同時期，甚至在今日的通俗文學中，這種特質都別具價值。

約瑟・毛碌的文字看似平實，卻絕不平淡。澤澤所受的皮肉痛和心痛，澤澤的孤單寂寞和他面臨的生離死別，讀者都無法無動於衷。我們對他的感同身受將閱讀《我親愛的甜橙樹》變成一項考驗：誰受得了看一個這麼惹人疼的角色吃苦受罪？與此同時，約瑟・毛碌又爲我們編織了一些亮晶晶的歡樂時刻：澤澤的惡作劇、他對美國電影演員和片中角色的崇拜、他的趣味遊戲、他慧黠的俏皮話及許多其他的逗趣元素。

歡樂與悲傷在字裡行間完美融合，而這一點就算不能解釋本書何以如此膾炙人口，至少也證明了它的風靡是很合理的現象。

在巴西和全世界的成功

《我親愛的甜橙樹》銷售連創佳績。

自一九六八年出版以來，本書在巴西已賣出兩百多萬冊，並在海外有諸多版本，包括德國、阿根廷、奧地利、美國、芬蘭、英國、義大利等等。

光是在巴西，本書就以各種形式印行了一百五十多刷，並兩度改編電影。首度改編是在一九七〇年，由奧雷里歐．戴席勒（Aurélio Teixeira）執導，朱力歐．賽薩．克魯茲（Julio Cesar Cruz）飾演澤澤，而導演本人也飾演老葡的角色。

第二次改編是在二〇一二年，由喬瑟．吉．阿布留（José de Abreu）和馬庫斯．班尼斯坦（Marcos Bernstein）執導，若昂．吉列爾莫．亞維拉（João Guilherme Ávila）飾演澤澤，喬瑟．吉．阿布留飾演老葡。

本書三度改編成「telenovela」（巴西通俗連續劇），分別由杜比電視台（Rede Tupi）於一九七〇年播出、旗手電視台（Rede Bandeirantes）先後於一九八〇年和一九九八年播出。

二〇〇三年，本書改編成漫畫的形式，共二二四頁，於南韓出版。

這部小說也於一九八六年改編成舞台劇，由路西阿諾·陸皮（Luciano Luppi）編劇、泰瑞莎·欽齊諾（Teresa Quintino）執導。此外全國各地皆有眾多業餘劇團加以改編，海外亦有相關劇作。

《我親愛的甜橙樹》年代背景：一九二〇年至一九三〇年

一九二〇年二月二十六日，約瑟·毛祿·吉·瓦斯康賽魯斯生於里約熱內盧北區的班古，自幼家境貧寒。《我親愛的甜橙樹》的時代背景介於一九二八年至一九二九年間。

回顧起久遠的年代，往日時光總像是浪漫地染上了夢幻的色彩，那年頭的日子彷彿輕鬆又愉快。一九二〇年代往往被稱之爲默片的黃金時代，恰恰是到一九二九年為止，美國的有聲電影開始取代默片。那也是爵士樂的年代（或至少是美國爵士樂史上最好的年代之一）和見證汽車工業蓬勃發展的時期。

在巴西，一九三〇年代是廣播電台的年代，也是巴西流行樂最豐富的時期之一，有許多廣受喜愛的流行音樂家和大眾口味的流行歌。正宗森巴舞的根源「Samba de raiz」也標誌了這時期的巴西文化。

此時也是緊接在第一次世界大戰（一九一四年至一九一八年）過後的時期，全世界努力要從人類史上最慘烈的戰爭創傷中恢復過來。第一次世界大戰首度見證了坦克車和化學武器的威力，大大小小的戰役加起來，傷亡人數超過百萬。在美國，失落的一代的知識分子仍為殘酷又無謂的戰爭迷惘，一位年輕的新銳作家從中脫穎而出，那就是海明威。

巴西自從獨立以來始終向歐洲看齊，尤其是將法國當成文化和政治上的參考指標。一次世界大戰後，不只是在經濟上，還有在電影和音樂等方面，美國對全世界的影響都更為顯著，包括像巴西這樣「哈歐」的國家在內。

換言之，依個人標準而定，你可以說那年頭的人堪稱生逢盛世，也可以說那些年是最戲劇化的年代。就連在澤澤所生活的班古，他都能感受到巴西和全世界的動態。舉例而言……

在世界各地

＊一九二九年始於紐約證券交易所的股災，導致整個西方世界陷入史無前例的經濟大蕭條，這場危機的直接後果（失業、企業破產倒閉、人口貧困化）至今仍被視為資本主義史上最大的噩夢之一。

＊經濟大崩盤影響全球，包括依賴歐美強大經濟體的巴西在內。澤澤的父親失業後找不到工作，恰恰反映了這場危機。

＊一九三〇年代，歐洲局勢緊張起來，希特勒於一九二〇年掌握了納粹的領導權，繼而在一九三三年掌握了德國的政權。第二次世界大戰於一九三九年爆發。

在巴西

＊一九二二年，聖保羅市舉辦現代藝術週（Semana de Arte Moderna）的活動，喚起了藝術領域的新挑戰，也推出了一些重要的藝術家，例如馬里奧・吉・安達吉（Mário de Andrade）、奧斯瓦基・吉・安達吉（Oswald de Andrade）、塔爾西拉・杜・

阿馬拉爾（Tarsila do Amaral）、安妮塔·馬爾法蒂（Anita Malfatti）、迪·卡瓦爾坎帝（Di Cavalcanti）、海托爾·維拉—羅伯斯（Heitor Villa-Lobos）和賽吉歐·密里耶（Sérgio Milliet）。無論是新銳藝術家，還是已站穩一席之地的藝術家，都雙雙向一種他們稱之爲現代主義（Modernismo）的新美學看齊。現代主義的美學也影響了大半個二十世紀的藝術。

＊某種程度而言，《我親愛的甜橙樹》可被視爲新興現代主義文學的一部分，敘事筆調有著濃濃的巴西本土色彩，這正是日漸興起的鄉土文學（regionalismo）的特色。作者也在書末的〈作者小傳〉（頁二九四）提到他最愛的幾位作家：小說家格拉西里阿諾·哈姆斯（Graciliano Ramos）和喬瑟·林斯·杜·赫谷（José Lins do Rego）都是巴西東北部鄉土文學的重要作家，此外還有詩人保祿·瑟圖寶（Paulo Setúbal）。事實上，有些人指出約瑟·毛碌·吉·瓦斯康賽魯斯和這些作家的相似之處，尤其是在三者的作品上，例如格拉西里阿諾·哈姆斯的《童年》（*Infância*）和喬瑟·林斯·杜·赫谷的《農場男孩》（*O Menino do Engenho*）。

另一方面，巴西（尤其是大都會中心區）也深受海外文化的影響。美國電影在全球廣爲流行，在巴西也不例外，電影演員和片中角色都贏得大眾的喜愛。這說明了這部小說爲什麼常常提到牛仔（西部片在巴西很受歡迎）和森林之王泰山這樣的英雄人物。

與此同時，本土流行樂的作品也開始湧現，並且一樣廣受歡迎。廣播電台是一九三〇年代重要的傳播媒介，小說中提到的奇可．維歐拉和文森齊．薩拉斯奇諾都獲得了電台廣播迷的崇拜。截至當時，美國流行樂團和歌手一直主宰著大眾的口味，只有在音樂節期間才會聽到巴西音樂。然而，從那之後，拜廣播電台、電台藝人相關的雜誌及後來巴西「音樂劇年代」（era dos musicais brasileiros）的電影所賜，巴西流行樂市場大開，蓬勃發展了一世紀。

這就是爲什麼在澤澤和阿里奧瓦多的街頭唱遊中，他會高唱巴西流行的暢銷金曲和拉丁探戈（tango latinos）——阿根廷當時也是美洲大陸上的一個經濟和文化發展典範，拉丁探戈也在當時的流行樂壇占有一席之地。

巴西在一九三〇年代改變甚巨。國內展開工業化計畫，漸漸不再是個農業國家。一九三〇年，出身南大河州（Rio Grande do Sul）、具有相當影響力的軍事領袖杰圖魯．瓦格斯（Getúlio Vargas）利用國家政局不穩，罷黜了當時的總統華盛頓．路易（Washington Luís），開啓了一個專制時代，直到一九四五年他自己被罷黜爲止。

本書的趣味小知識

泰山

第一部《泰山》電影於一九一八年上映，由艾默・林肯（Elmo Lincoln）飾演泰山。這位叢林之王最知名的詮釋者是美國游泳運動明星強尼・韋斯穆勒（Johnny Weissmuller），他因爲是史上最偉大的游泳名將之一而受邀演出泰山的角色。在一九二四年和一九二八年的奧運中，他贏得五面金牌。此外，他也創下六十七項全世界的游泳紀錄，並贏得五十二次全國冠軍。他從一九三二年個人第一部泰山電影到一九四八年最後一次演出，截至他四十四歲爲止，總計在十部劇情長片中飾演泰山一角，比其他演員都多。最新近的一部泰山電影則是二〇一六年的《泰山傳奇》（*The Legend of Tarzan*），由亞歷山大・斯卡胥固德（Alexander Skarsgård）領銜主演。

伊莎貝爾鎮

一九三四年，諾耶爾・何薩（Noel Rosa）和瓦吉古（Vadico）的〈伊莎貝爾鎮的魅力〉（Feitiço da Vila）歌詞中寫道：

「生在鎮上的人／都會毫不猶豫／擁抱森巴……」

里約熱內盧北區的伊莎貝爾鎮有著與森巴密不可分的輝煌歷史。在奠定此一音樂類型的一九三〇年代，伊莎貝爾鎮是森巴舞者聚集的據點，也是許多森巴樂曲的搖籃。這些樂曲多是深夜時分在鎮上的酒吧裡誕生的。這個鎮上最有名的子弟是兩位傑出作曲家：諾耶爾・何薩（1910-1937）和馬契努・達・維拉（Martinho da Vila, 1938-）。諾耶爾・何薩是巴西最偉大的音樂詩人之一，他所創作的森巴舞曲銘刻在當地的人行道上，永垂不朽。馬契努於一九六〇年代一砲而紅，他對一九六五年成立的伊莎貝爾鎮聯盟（Unidos de Vila Isabel）也是一大啟發。伊莎貝爾鎮聯盟是一所嘉年華會森巴舞蹈學校，負責在里約嘉年華會中演出精心策劃的音樂遊行，以大膽、創新、戲劇化的舞蹈動作和富有詩意的精彩舞曲著稱。這一切都塑造了伊莎貝爾鎮獨特的文化與身分認同，這個富有歷史與傳統的地方也深受卡利歐卡[1]鄉親父老的尊崇。

亞馬遜叢林

如今受到濫墾濫伐、河川污染、多種動植物滅絕及其他生態威脅的亞馬遜叢林，有著令人歎為觀止的占地面積和豐富的物種。亞馬遜盆地有五五〇萬平方公里的熱帶雨林，並有亞馬遜河及其諸多支流，整個盆地更有六〇%都在巴西境內。相較之下，德國的面積為三十五萬八千平方公里，換言之，亞馬遜盆地可容納約十五個德國。全球有一半的雨林都在這裡，我們呼吸的氧氣也有很大一部分來自於此。萬一亞馬遜叢林不復存在，地球上的許多生命也會隨之消失。

美國和巴西的原住民族

很遺憾，兩者有著相似的歷史。馬里奧·吉·安達吉於一九二八年的著作《食人族宣言》（*Manifesto Antropófago*）中說：「在葡萄牙人發現巴西之前，巴西已發現了幸福快樂。」據估葡萄牙人初抵巴西時有五百萬原住民，殖民期間，原住民被逐出故土、受到奴役，最終只剩目前的二十萬人口。這就是巴西歷史上五個世紀間原住民大屠殺的規模。跟葡萄牙人占領巴西類似，美國西征在電影中總帶有浪漫色彩，英勇的馬車隊將邊界拓展到新的領地，好人浴血奮戰打倒印第安人。《我親愛的甜橙樹》故事中提到的阿帕契族和蘇族，澤澤正是從那些美化白人殖民者的電影中了解到他們的歷史，而這兩個民族幾乎都已滅絕。據估美國西部地區約一千兩百萬的印第安人中，有九百萬人在印第安戰爭（Indian Wars）中遭到殺害。野牛、水牛和美洲野馬等動物也幾乎瀕臨絕種。

棕髮姑娘之島

《我親愛的甜橙樹》提到的巴科塔島有個特別的傳統，與愛、激情和浪漫的元素密不可分，而且不是因爲眞實的居民，而是因爲虛構故事中生活在島上的一個當地人，更確切地說是因爲以巴科塔島爲背景的小說《棕髮姑娘》（*A Moreninha*），作者爲喬阿金・曼努耶爾・吉・馬賽多（Joaquim Manuel de Macedo）。《棕髮姑娘》於一八四四年出版，時至今日，本書的地標、名爲「棕髮姑娘岩」（Pedra da Moreninha）的石頭仍有遊客參訪。故事中，卡洛琳娜坐在那塊岩石上等她的愛人奧古斯都。《棕髮姑娘》在當時大獲成功，成爲巴西第一本暢銷書，至今仍是巴西羅曼史最受歡迎的小說之一，曾改編爲電影、電視劇及其他形式的作品，儘管它也蒙受暢銷的「詛咒」，批評家始終不認可這部小說及其作者的價值。搭船是前往巴科塔島唯一的交通方式，而島上的交通工具除了幾輛提供必要服務的汽機車之外，就是腳踏車和馬拉車。巴科塔島是里約熱內盧景色最優美的景點之一。

續作

《我親愛的甜橙樹》另有三本續作：一九六三年的《年少輕狂》（*Doidão*）、一九七四年的《暖陽》（*Vamos Aquecer o Sol*）和一九六七年的《南瓜修士的告解》（*As Confissões de Frei Abóbora*）。

在《年少輕狂》中，澤澤從少年長成青年，故事刻畫十三歲至二十歲的澤澤。雖然長大了，但還是有著一樣的冒險精神，一樣跟這世界格格不入，一樣熱愛生命，生活裡也一樣有著應接不暇的挑戰。

儘管出版日期較晚，《暖陽》刻畫的是十歲大的澤澤，和養父母生活在北大河州（Rio Grande do Norte）的納塔爾（Natal）。一如既往，愛看電影、充滿想像力仍是這個角色的重要特質。

約瑟·毛祿其他的文學作品

身爲二十二部小說的作者，約瑟·毛祿·吉·瓦斯康賽魯斯於一九六七年以《南瓜修士的告解》榮獲巴西龜文學獎最佳小說獎。

他在一九四二年出版第一本書《水晶礦工》（*Banana Brava*），二十年後出版《我的獨木舟何西諾》（*Rosinha, Minha Canoa*）始獲成功，一九六八年更以《我親愛的甜橙樹》迎來最大的出版成就，本書除了改編成電影和電視劇，也在數十個國家發行譯本。

約瑟·毛祿實爲巴西舉國愛戴的作家。

（Luiz Antonio Aguiar，作家、譯者，巴西文學碩士，兩度榮獲巴西龜文學獎2）

1 譯註：卡利歐卡（Carioca）意即里約人，為當地人所用的俗稱，字面意思為「來自里約」。

2 譯註：巴西龜文學獎（Prêmio Jabuti）為巴西歷史最悠久的文學獎項，由巴西圖書商會（Câmara Brasileira do Livro）評選，頒給年度傑出作家、編輯、插畫家、封面設計師等出版相關從業人員。

作者小傳

一九二〇年二月二十六日，約瑟・毛祿・吉・瓦斯康賽魯斯生於里約熱內盧的班古，出身貧寒，兒時不得不跟著叔叔嬸嬸住在北大河州的首府納塔爾，而於該地度過童年。九歲時於同一座城市的波騰吉河（Potengi River）接受游泳訓練，夢想成爲游泳冠軍。他也很愛看書，尤其喜歡保祿・瑟圖寶、格拉西里阿諾・哈姆斯和喬瑟・林斯・杜・赫谷的小說，後兩者是巴西鄉土文學的重要作家。

約瑟・毛祿童年時期的這些活動日後將成爲他一生的基礎：他的冒險精神、既愛運動又愛文學、寫作的習慣、電影、藝術與戲劇——一份敏感又充滿活力的人生。但他從未涉足巴西藝文界，從未參與這個綁手綁腳、勾心鬥角的社交圈。約瑟・毛祿既是一位傑出作家，也是一個樸實的人。

定居納塔爾期間，他上過兩年醫學院，但後來放棄了學業。他那不安分的天性促使他返回里約熱內盧，搭上一艘貨輪，唯一的行李就是一個簡單的紙箱。從里約熱內盧出發，他的足跡橫跨巴西：在里約當過拳擊教練和香蕉裝卸工、在里約熱內盧的海邊當過漁夫、在海息飛（Recife）的漁村當過小學老師、在聖保羅當過服務生……

他的人生經驗加上敏銳的記憶力和想像力，再加上擅長說故事的卓越能力，造就了文學造詣廣獲國際認可的眾多作品。包括長短篇小說在內，他總計寫了二十二本書，譯本於歐洲、美國、拉丁美洲和日本等地發行，並改編成許許多多的電視劇、電影和舞台劇。

一切就從他二十二歲時出版《水晶礦工》（1942）開始，故事描寫在巴西中部戈亞斯州（Goiás）荒野中的金礦場和寶石礦場（garimpo）工作的粗漢，礦坑隨時可能崩塌，他們的處境岌岌可危。儘管得到了一些好評，這部小說並不成功。繼之而來的是以北大河州馬靠（Macau）鹽灘爲背景的《白陶土》（*Barro Blanco*, 1945）。作者展現了他的鄉土色彩，並延續至後來的小說《紅綠金剛鸚鵡》（*Arara Vermelha*, 1953）、《孤女》（*Farinha Órfã*, 1970）和《舒娃．克里歐拉》（*Chuva Crioula*, 1972）。

他有一套獨特的工作法。他會選定故事背景，然後搬到那裡去。在下筆撰寫《紅綠金剛鸚鵡》之前，他行遍約三千公里的「sertão」，即乾旱的巴西莽原，做了詳細的研究，形成了小說的基礎。他曾對記者說：「我的書都是幾天就寫完了。但另一方面，我花費多年反覆咀嚼寫作的想法。我用打字機打下一切，寫完一整章再重讀我寫下的東西。我不分晝夜、隨時隨地都在寫，一寫起來就像走火入魔一樣，敲鍵盤敲到手指痛了才會停下來。」

生活在原住民當中（他曾經每年至少一次旅行到「前不著村、後不著店」的地方）對他的人生有莫大的影響，原住民帶給他的影響也很快就出現在他的作品中。一九四九年出版的《遠離大地》（*Longe da Terra*）敘述了他和原住民相處的經驗，以及原住民族與白人的接觸對原民文化造成的破壞。《遠離大地》是一系列原民小說的第一本，此後尚有一九五五年的《珍珠魟》（*Arraia de Fogo*）、一九六二年的《我的獨木舟何西諾》、一九六四年的《沙灘駿馬》（*O Garanhão das Praias*）、一九六六年的《南瓜修士的告解》和一九七九年的《庫里亞拉：卡拉哈族的酋長》（*Kuryala: Capitão e Carajá*）。

這幾本書是年輕的約瑟．毛祿和維拉斯—博阿斯（Villas-Bôas）兄弟一起進行的一項重要活動的成果。維拉斯—博阿斯兄弟是巴西莽原的拓荒者和原住民主義擁護者。約瑟．毛祿追隨他們在巴西中西部阿拉瓜亞（Araguaia）地區的荒野中旅行、探險。維拉斯—博阿斯兄弟歐魯蘭多（Orlando）、克勞基歐（Cláudio）和里歐納多（Leonardo）帶領了一九四三年的隆卡多—幸古遠征[1]，打通了巴西內陸至沿海的交通，接觸到前所未知的原住民族，並在巴西中部做了土地測繪，開闢了新的路線。

《我的獨木舟何西諾》是他第一部創下出版佳績的作品，他在書中將荒野莽原的文化和所謂「文明」的白人充滿掠奪與腐敗的文化兩相對照。然而，廣獲大眾肯定的暢銷大作是六年後的《我親愛的甜橙樹》。這部帶有自傳色彩的作品寫的是一個飽受誤解的可憐孩子，他藉由發揮自己的想像力逃離現實世界的磨難。這本小說從北到南擄獲了巴西全國讀者的心，打破了歷來書籍銷量的各項紀錄。作者在當時也斷言：「我的讀者群涵蓋六歲到九十三歲，而且不只是在里約熱內盧或聖保羅，而是遍及巴西各地。在巴黎的索邦大學，《我的獨木舟何西諾》是葡文課的指定讀物。」

最驚人的是這本書只花了十二天寫成。「但它已經在我心裡醞釀了二十年。」約瑟．毛祿說：「下筆時，故事已在我的想像中成形了。唯有覺得小說情節源源不絕從我的每個毛細孔湧出來時，我才會動工。接下來，一切的進展就像閃電一樣快。」

《我親愛的甜橙樹》大爲暢銷。他的作品的譯本也成倍增加：《白陶土》於匈牙利、奧地利、阿根廷和德國出版，《紅綠金剛鸚鵡》於德國、奧地利、瑞士、阿根廷、荷蘭和挪威出版，《我親愛的甜橙樹》迄今已譯爲五十多種語言。

自傳色彩延續至一九七四年的《暖陽》和一九六三年的《年少輕狂》。《遠離大地》和《南瓜修士的告解》也帶有作者生平的元素。在約瑟・毛碌的文學作品中，也有以「存在」的劇情爲中心者，例如一九五一年的《退潮》（*Vazante*）、一九六九年的《赤腳街》（*Rua Descalça*）和一九七五年的《最後的晚餐》（*A Ceia*）。此外，針對兒少讀者、探討人性課題的則有一九六四年的《玻璃心》（*Coração de Vidro*）、一九六九年的《皇居》（*O Palácio Japonês*）、一九七三年的《水晶船》（*O Veleiro de Cristal*）和一九七八年的《隱身男孩》（*O Menino Invisível*）。

如同刻畫高楚人[2]的作家艾里庫・維里席姆（Érico Veríssimo）和喬治・阿瑪多（Jorge Amado），約瑟・毛碌是少數光靠書籍版稅收入即能過活的巴西作家。然而，他的才華不僅限於文學。

除了當作家，他也是記者、播音員、畫家、模特兒和演員。由於迷人的外貌，他受邀在幾部電影和電視劇中演出萬人迷的角色，《十九號範本卡》[3]、《島》[4]和

《百萬女子》[5]片中的角色皆爲他贏得獎項。一九四一年，他也爲享譽國際的巴西雕刻家布魯諾・喬治（Bruno Giorgi, 1905-1993）在里約熱內盧前教育部花園中的青年雕像（Monumento à Juventude）擔任模特兒。

約瑟・毛碌・吉・瓦斯康賽魯斯只有在學業這方面不成功。一九四〇年代，他甚至拿到留學西班牙的獎學金，但只念了一星期，他就決定放棄課業去環遊歐洲。他的冒險精神占了上風。

這位作者的成功主要來自他和讀者溝通交流的能力。約瑟・毛碌解釋道：「我吸引讀者的地方一定是我的簡單，或我認爲是簡單的特質。我筆下的人物說的是在地的語言，而地方上的人就跟我一樣簡單樸實。正如同我之前說過的，我看起來沒有一點作家的樣子。我的文字作品表露的就是我的個性、我的自我。」

約瑟・毛碌逝於一九八四年七月二十四日，享年六十四歲。

＊《我親愛的甜橙樹》是一部世界經典名著，自一九六八年初版印行以來在巴西從未絕版，從韓國到土耳其，從波蘭到泰國，在許許多多的國家擄獲男女老幼千萬讀者的心。故事的主角是澤澤——全巴西最頑皮也最可愛的小男孩，他惡作劇的鬼

主意和他的善良相映成趣。他長大後的志願是要當一個「戴蝴蝶領結的詩人」，但目前澤澤只會在里約熱內盧他們一家人住的窮社區對鄰居惡作劇，並跟他想像中的朋友一起玩，直到他遇見一位眞正的朋友，他的生活開始有了變化……

"É foi assim que eu ganhei a minha roupa de poeta. E eu fiquei lindo!"...

「我就是這樣得到我的蝴蝶領結詩人服的。瞧我多時髦！……」

1 譯註：幸古河（Rio Xingu）為亞馬遜河的一條支流，幸古族（Povos do Xingu）為生活在幸古河流域的原住民族。隆卡多—幸古遠征（expedição Roncador-Xingu）為政府官方的拓荒計畫，為期長達二十年，開闢了一千五百公里的交通路線，此計畫由維拉斯—博阿斯兄弟帶領。三兄弟以尊重的態度、和平的方式與十四個幸古族部落交涉，遠征隊始得以通行。此後也在一九六一年成立幸古原住民園區（Parque Indígena do Xingu），是為巴西第一個原住民保留區。

2 譯註：高楚人（gaúcho）為巴西南大河州平原上剽悍的騎士民族，在民間傳說和文學作品中有著英雄般的形象，艾里庫．維里席姆和喬治．阿瑪多皆以刻畫高楚人的歷史與風俗著稱。

3 譯註：《十九號範本卡》（*Carteira Modelo 19*）為一九五〇年由巴西導演 Armando Couto 執導的電影，片名指的是被稱為十九號範本卡的外籍人士身分證件，故事圍繞著五位從歐洲來到聖保羅的移民展開。

4 譯註：《島》（*A Ilha*）為一九六三年由巴西導演 Walter Hugo Khouri 執導的黑白電影，故事描述一名富翁邀請一群朋友到島上度假，相傳島上藏有寶藏，一行人開始展露出他們的本性。

5 譯註：《百萬女子》（*Mulheres e Milhões*）為一九六一年由巴西導演 Jorge Ileli 執導的電影，故事圍繞一宗銀行搶案展開。

Eurasian Publishing Group
圓神出版事業機構
用心與你對話・視野無限寬廣
寂寞出版社
Solo Press

www.booklife.com.tw　reader@mail.eurasian.com.tw

Soul 058

我親愛的甜橙樹【暢銷千萬冊・最溫柔的人生書】

作　　者／約瑟・毛碌・吉・瓦斯康賽魯斯（José Mauro de Vasconcelos）
譯　　者／祁怡瑋
發 行 人／簡志忠
出 版 者／寂寞出版股份有限公司
地　　址／臺北市南京東路四段 50 號 6 樓之 1
電　　話／（02）2579-6600・2579-8800・2570-3939
傳　　真／（02）2579-0338・2577-3220・2570-3636
副 社 長／陳秋月
副總編輯／李宛蓁
責任編輯／朱玉立
校　　對／祁怡瑋・李宛蓁・朱玉立
美術編輯／金益健
封面插畫／ Dyin Li
行銷企畫／陳禹伶・朱智琳
印務統籌／劉鳳剛・高榮祥
監　　印／高榮祥
排　　版／莊寶鈴
經 銷 商／叩應股份有限公司
郵撥帳號／ 18707239
法律顧問／圓神出版事業機構法律顧問　蕭雄淋律師
印　　刷／祥峯印刷廠
2025 年 3 月　初版
2025 年 8 月　4 刷

定價 420 元　ISBN 978-626-99436-1-6　

仔細想想，大叔就是《我親愛的甜橙樹》那棵聽主角傾訴心事的甜橙樹，
而民奎自己則是書裡處境艱難的少年。
民奎記不太清楚那個少年叫什麼名字，他試著回想……
是澤澤。
民奎成爲澤澤，離開了便利店。

——《不便利的便利店2》

國家圖書館出版品預行編目資料

我親愛的甜橙樹 / 約瑟・毛祿・吉・瓦斯康賽魯斯（José Mauro de Vasconcelos）著；祁怡瑋譯. -- 初版. -- 臺北市：寂寞出版股份有限公司, 2025.03
304 面；14.8×20.8公分（Soul；58）
譯自：O meu pé de laranja lima.
ISBN 978-626-99436-1-6（平裝）

885.7157　　114000536